열녀 향랑을 말하다

열녀 향랑을 말하다

徐信惠 편역

보고사

서 문

　이 책은 향랑의 이야기가 한문 단편 문예물로 정착되어 나타나는 것을 총체적으로 조사하여 역주한 것이다.

　경북 선산의 실존인물 향랑이 스스로 목숨을 끊은 해가 1702년이고 당시 선산 부사 조구상에 의하여 그의 사연이 문서로 보고되어 결국 조정에서 그에게 정려를 내린 것은 1704년이다. 이후 여러 문인들이 다투어 향랑의 일을 기록했다. 어떤 이는 향랑이 죽기 전에 불렀다는 〈산유화〉와 같은 제목으로 시를 지었고, 어떤 이는 제목은 다르되 향랑의 일을 노래한 작품을 썼다. 또 많은 이들이 그의 일을 자세히 써서 인물전을 남기기도 했다. 19세기에 들어서는 이 이야기를 바탕으로 김소행이 장편의 한문소설 〈삼한습유〉를 짓기도 하였다.

　한 시기에 한 사건을 두고 그렇듯 많은 문인들이 이렇게 많은 양의 작품을 썼던 것을 보면 18세기는 곧 향랑의 시대였다고까지 말할 수 있을 정도이다. 향랑을 둘러싼 이런 일련의 현상들을 통해서 당시 조선 사회의 큰 경향을 읽어볼 수도 있다는 생각에 조그만 자료까지 소홀히 하지 않고 모두 이곳에 모은 것이다. 이후 학자들은 번거로이 여기저기에 흩어져 있는 이런 글들을 일일이 찾아보지 않아도 되도록 하고 싶었다. 향랑은 지금도 경북 선산(현재 구미시 소속) 지방의 명인으로 추앙 받는다. 그 지방 곳곳에서 향랑과 관련 있는 사적을 찾아볼 수 있다. 그곳에 있는 관련 글들도 이곳에 모아 살펴볼 수 있도록 했다.

본래 향랑에 대한 관심은 소설 〈삼한습유〉에서 시작되었다. 석사과정 시절 우연히 본 〈삼한습유〉를 이후 계속 연구하면서 이것으로 박사학위까지 받은 인연이 있기에 향랑의 이야기는 늘 내 관심의 중심에 있었다. 자료조사와 각종 사실을 확인하기 위해 며칠씩 경북 구미시와 선산 곳곳을 돌아다니며 살폈던 일은 좀 고달팠어도 행복한 느낌으로 남아 있다.

현대 학자들 중에는 향랑고사의 운문화, 산문화에 대해서 훌륭히 분석해낸 선행 연구자들이 있다. 동어반복이 되겠기에 각 작품들을 각기 따로 분석하지는 않고 다만 그 실체를 확인해 보라는 의미에서 원문과 번역문을 함께 실었다. 향랑의 일을 운문화, 산문화한 것들이라고 확인한 것과 그 사건에 대해 일정한 의견을 표시한 것은 모두 포함했으나, 필자가 미처 보지 못한 것이 있다면 알려 주시길 간절히 바란다. 부족한 것이 많으므로 여러 선학들의 질정을 바라는 마음 또한 간절하다.

가족들과 스승님들과 선후배들, 출판사 관계자 여러분 모두께 감사한다.

2004년 새해에
역자 삼가 쓰다

일러두기

1. 향랑과 관련 있는 내용들은 모두 모아 산문과 운문으로 구분하여 번역하였으며, 구분한 각 장이 시작되는 곳에 간단한 설명을 덧붙였다. 작품마다 작가를 밝히고 이들에 대한 간략한 소개도 함께 실었다.

2. 각 내용은 활자로 입력한 원문과 함께 제시하여 확인해 볼 수 있도록 하였다.

3. 한글 전용으로 하고, 필요한 경우 한자를 괄호 안에 병기하였다. 다만 각주의 경우 한자를 노출시켰다.

4. 각 유형별 작품의 순서는 작자의 생몰년을 기준으로 하였다. 다만 조구상의 경우 향랑의 일을 처음 소개하였다는 점을 참작하여 가장 앞에 두었다.

5. 약물
   서명 : 『 』
   편명 : 「 」
   작품명 : 〈 〉
   대화 : " "
   강조나 인용, 혼잣말 : ' '

목 차

제 2 장 향랑 관련 산문 기록

1. 산문 기록 ··· 109

해 제

1. 서 설

한 인물, 한 사건에 대해 수십 명의 문인들이 적극적으로 관심을 표현한 예는 그리 쉽게 볼 수 있는 일이 아니다. 그 인물이 이름 없는 평민이자 미천한 여자인 경우는 더욱 그러하다. 그런 면에서 향랑과 그를 둘러싼 문인들의 움직임은 상당히 흥미롭다.

향랑의 일을 처음 기록한 조구상의 글에 의하면, 평민 향랑은 17살에 같은 마을 살던 임칠봉에게 시집갔으나 남편의 사랑을 받지 못한 채 버림받아 친정으로 쫓겨온다. 친정 식구들과 친척도 향랑을 받아들여주지 않고 그녀를 개가시키려 하자 선산의 오태지에 몸을 던져 자결한다. 이때가 1702년이다. 당시 선산부사 조구상 등의 노력으로 1704년 향랑을 정려(旌閭)하라는 숙종의 명이 내렸다.

2. 향랑에 대한 형상화의 양상과 그 작가군

향랑의 일을 두고 많은 문인들이 시나 문을 남겼다. 시문을 남긴 인물들을 출생년도별로 작품의 수와 함께 나타내면 다음과 같다.

정　선(鄭　敾 : 1634~1717)　1편(시)
조구상(趙龜祥 : 1645~1712)　2편(시1, 문1)
김창흡(金昌翕 : 1653~1722)　2편(시)
권두경(權斗經 : 1654~1726)　1편(시)
이광정(李光庭 : 1674~1756)　2편(시1, 문1)
이하곤(李夏坤 : 1677~1724)　1편(문)
김민택(金民澤 : 1678~1722)　1편(문)
신유한(申維翰 : 1681~　?　)　2편(시)
최수철(崔守哲 : 1683~1712)　1편(시)
최성대(崔成大 : 1691~1761)　1편(시)
윤광소(尹光紹 : 1708~1786)　1편(문)
이덕무(李德懋 : 1741~1793)　1편(시)
이안중(李安中 : 1752~1791)　3편(시2, 문1)
이노원(李魯元 :　?　~1811)　2편(시)
이　옥(李　鈺 : 1760~1813)　1편(문)
이우신(李友信 :　?　~1822)　2편(시)
이학규(李學逵 : 1770~1835)　2편(시)
최영년(崔永年 : 1856~1935)　1편(시)
장지연(張志淵 : 1864~1921),　2편(문)

여기에 1814년 향랑의 일을 소설로 한 〈삼한습유(三韓拾遺)〉를 쓴 죽계 김소행(竹溪 金紹行 : 1765~1859)까지 포함하면 총 20명 30편의 작품이 향랑의 일을 소재로 한 글이다.

시문을 남기지는 않았으나 자유롭게 만필 형식으로 글을 써 놓거나 경향(京鄕)의 공식 문서에 향랑의 일을 기록해 둔 것도 많다. 공적 기록으로는 『숙종실록』 39권 30년 6월 5일(癸酉)조, 『일선지』 중 「열녀조 - 향랑」, 『조선각도읍지』 중 경상도 선산부 열녀조, 『증보문헌비고』 107권의 「악고」 18이 있다. 개인의 관심사에 따라 권상하(權尙夏 : 1641~1721)의 〈의열도발〉을 비롯하여 엄경수(嚴慶遂 : 1672~1718)의 『부재일기』, 이희령(李希齡 : 1697~1776)의 『약파만록』, 성대중(成大中 : 1732~1809)의 『청성잡기』, 윤정기(尹廷琦 : 1814~1879)의 『동환록』, 이유원(李裕元 : 1814~1888)의 『임하필기』에도 각기 향랑의 일을 쓰고 있다.

이미 상당수의 연구성과들이 발표되었으므로 모든 작품에 대해 분석하고 살피는 것은 오히려 더 번잡할 듯 하다. 작가들의 면모에 대해서만 간략히 언급하고 나머지는 선행 연구로 돌리고자 한다.

먼저 영남의 사림으로 유교교화에 의한 향촌 권력 획득과 질서 유지에 힘썼던 인물이다. 정선, 조구상, 이광정, 권상하, 권두경 등이 그들이다. 이들은 도학에 힘쓴 영남사림에 속하는 인물로 유학의 교화를 향리에 널리 퍼뜨리려 노력했던 인물들이다. 조구상은 당시 선산 부사로서 그의 할아버지 조찬한과 마찬가지로 재지 사림들과 힘을 합하여 특히 선산에서의 유교 교화의 힘을 널리 세상에 알리려고 했던 인물이다. 그의 글은 선산 유교의 종조(宗祖)라 할 수 있는 길재와 향랑을 애써 연결시키려고 한 흔적이 역력한데 이런 그의 시각은 이후 많은 문인들에 의해 그대로 답습되었다. 이광정은 일찍 벼슬에 생각을 끊고 영남지역에서 도학에 힘썼던 인물이다. 영남지역 퇴계학맥의 정신적 본원인 도산서원을 책임졌던 일까지 있었던 인물이다. 권상하는 성리학의 기본 문제에 체계를 계승한 인물로 유명하다. 권두경은 퇴계학파의 중심에서 활동했던 인물이다. 그가 『도산급문제현록』을 편찬했다는 사실을 떠올린다면 이 점은 확연히 알 수가 있다. 정선은 그의 선대부터 벼슬에 뜻을 끊고 영남지역에 살던 인물이다. 그의 할아버지가 퇴계의 문하에서 공부했고 그의 아버지와 마찬가지로 그 역시 그런 가학의 전통을 이어 퇴계의 제자들에게 사사한 인물이다. 특히 정선의 경우, 향랑의 일을 두고 글을 썼다는 사실이 이 책을 통해 처음 소개된다. 요컨대 이들 그룹의 시각은 동일하다. 유교 교화의 힘이 민간 저층에까지 미쳐 민간의 연약한 여자도 도리에 맞게 죽음에 나아갔다고 하면서 유교 교화의 힘을 칭송하고 있다.

다른 한 그룹은 대부분 세상에서 소외되어 있는 인물층이다. 신유한, 최성대, 이학규 등과 소위 '담정그룹'이라 일컬어지는 이안중, 이노원, 이옥, 이우신 등의 무리이다. 이들은 조구상 등이 경직된 유교 이념으로 향랑의 모습을 왜곡시킨 것에서 벗어나 향랑이라는 한 인간의 불우함을 가련히 여기고 있다. 이런 시각은 '능력은 있어도 때를 만나지 못하여 사그라들고 있는' 자신들의 처지에 대한 안타까움과 한탄으로 연결되고 있다. 그러므로 이들의 글에는 애상적이고 서글픈 인상이 짙으며, 향랑이라는 인물을 사실적이고 구체적으로 그리기보다는 자신들이 작품의 중심에 있는 듯한 인상을 받는다. 오히려 향랑이나 〈산유화〉라는 단어를 제외하면 이것이 향랑과 직접 관련이 없는 듯한 글도 많다.

요컨대 향랑은 크게 두 그룹에 의해 관심을 받았다. 그를 유교 교화의 '증거와 도구'로 이용한 영남문인그룹과 자신의 처지에 대한 '투영물'이라는 소재로 사용한 소외된 문인들의 그룹이다. 세상에서 현달하여 높은 벼슬을 한 인물들에게서는 향랑에 관해 쓴 시문을 전혀 볼 수 없었다.

3. 산유화

향랑은 〈산유화〉 한 곡을 부른 후에 오태지에 뛰어 들었다. 문인들 중에는 〈산유화〉라는 제목으로 향랑의 일에 관한 글을 남긴 이들이 많다. 조구상의 기록에 의하면 향랑의 〈산유화〉는 다음과 같다.

하늘은 어이 높고 멀며	天何高遠
땅은 어이 넓고 아득한가	地何曠邈
천지가 비록 넓다해도	天地雖大
한 몸 기댈 곳은 없구나	一身靡託
차라리 강물에 뛰어들어	寧投江水
고기 뱃속에 장사지내리	葬於魚腹

실제로 이것이 향랑이 지어 부른 그대로인지는 알 수 없지만 대체로 이와 같았으리라고 생각해 볼 수는 있을 듯하다. 갈 곳 없는 자신의 처지가 천지의 끝없이 드넓음과 연결되어 더욱 쓸쓸한 분위기를 내고 있다. 노래 속의 향랑은 그저 연약한 한 여인일 뿐 조구상 등이 소리 높여 칭송하듯이 예에 맞게 정갈하고 단호한 유교적 인물은 아니다. 조구상 등의 영남문인들이 향랑이라는 여인의 삶을 크게 왜곡시켰음

은 명백하다.

향랑이 죽을 때 〈산유화〉를 지어 불렀다고 해서 많은 문인들이 〈산유화〉라는 제목으로 그의 일을 노래하였다. 그러나 〈산유화〉라는 제목이 붙어 있다고 해서 모두 향랑의 일을 노래한 것은 아니다. 향랑의 일과는 직접 관계가 없는 백제 노래 〈산유화〉가 또 있다. 그러므로 〈산유화〉라는 제목만 보고 판단할 것이 아니라 언제 쓰여진 글인지, 내용이 무엇인지를 살펴야 한다. 임영(林泳)의 『창계집(滄溪集)』 1권, 이사명(李師命)의 『포암집(蒲菴集)』 1권, 이규상(李奎象)의 『낙재고(樂齋稿)』, 이수이(李秀彛)의 『흡재고(翕齋稿)』 등에 실린 〈산유화〉는 모두 이런 예이다.

물론 백제 유민의 노래라는 사실에서 쉽게 예측할 수 있듯 백제 유민의 노래 〈산유화〉나 향랑이 죽기 전에 부른 〈산유화〉는 둘 다 서글프고 안타까운 분위기를 내포하고 있었을 것이다.

4. 향랑과 선산의 현재 모습

향랑이 살았던 고장 선산은 지금은 구미시에 소속되어 있다. 구미시 곳곳을 돌아보면 향랑의 자취를 쉽게 만날 수 있다.

향랑이 빠져 죽었다는 오태지는 지금은 흔적도 없이 사라지고 근처 구미공단 물자 수송을 위한 널다란 길이 들어서 있다. 다만 그곳 지명이 오태동이라는 것에서 오태지의 역사를 떠올려볼 수 있을 뿐이다. 향랑은 '지주중류비' 옆에서 오태지로 뛰어들었다고 했는데, 그 때의 그 '지주중류비'는 아직도 여전히 그 커다란 획을 드러낸 채 우뚝 서 있다. 문인들은 한결같이 길재의 교화와 향랑의 관계를 연관시키며 길재의 사당과 묘지를 향랑이 죽는 장면에 함께 표현하였다. 그러나 이것들은 본래 지주중류비와 나란히 볼 수 있는 위치가 아니었다. 시력이 좋은 사람이라면 지주중류비에서 수백미터 떨어진 길재의 묘지만 간신히 확인할 수 있을 정도이다.

현재 경북 구미시 형곡동 형남중학교 뒤 야산에 향랑의 묘소가 있다. 중학교 옆으로 난 산길을 따라 10~15분쯤 걸어 들어가면 있다. 묘소 앞에는 본래 향랑의 묘 앞에 세웠다는 묘비와 1992년에 새로이 단장하면서 세운 비석이 있다. 새로 세운 비석에는 정면에 '烈女香娘之墓'라고 쓰여 있고 나머지 3면(양옆과 뒷면)에는 묘갈명이 쓰여 있다.

향랑이 살았던 마을 형곡동에 가 보면 향랑은 아직 이 마을의 자랑임을 알 수 있다. 현재 형곡동에서는 마을 사람들이 주축이 되어 열녀향랑추모회를 조직하고 향랑이 죽은 9월 6일에는 매년 시제(時祭)를 지낸다.

본래 묘소가 오래되어 봉분조차 제대로 나타나지 않은 채 동강난 묘비만 굴러다니는 것을 이 마을 사람들이 구미문화원의 도움을 받아 1992년에 새로 단장한 곳이 오늘날 보는 향랑의 묘소이다. 열녀향랑추모회장인 김억성 씨의 설명에 의하면 이렇다. 본래 지금 향랑의 묘가 있는 곳에서 약 30~40m 정도 떨어진 곳에서 향랑의 묘비가 발견되었는데, 이 장소는 사유지(私有地)라서 거기에서 조금 떨어진 현재의 장소로 옮겨 묘를 새로 단장했다고 한다. 현재 장소는 시유지(市有地)이다. 세월이 흘러 봉분은 찾을 수 없이 황폐해져 버렸고 묘비도 부서졌었는데, 그 부서진 묘비를 가져다가 붙여서 현재 묘 앞에 세워 놓았다. 현재 만들어진 봉분에는 새 단장을 하면서 널을 짜다가 넣었는데, 이 널 안에는 본래 비석이 발견된 장소의 흙과 관련 사실 기록, 관련 내용을 노래한 조선시대 문인들의 글을 넣었다 한다.

또 김억성 씨 어렸을 적에, 동네 어르신들께서는 9월 6일만 되면 마을 한 곳에 다 같이 모여 떡도 하고 전도 붙여 향랑의 祭를 지냈었다고 한다. 자신이 어렸을 적 그것을 보았으며 그 기억이 있어서, 어르신들이 모두 돌아가시고 난 다음에 열녀향랑추모회를 조직하게 되었다 한다.

또 구미시립도서관 마당에는 열녀 향랑의 노래비도 서 있다.

향랑은 아직도 구미라는 땅에서 만날 수 있는 인물이다.

5. 연구 상황

향랑에 관한 관심이 조선시대 당년에 많았던 것과 같이 현대 연구자들 역시 이 문제에 많은 관심을 표명해 왔다. 그리하여 다수의 연구가 축적되어 있다. 그 중에서도 박옥빈(「향랑고사의 문학적 演變」, 성균관대 석사논문, 1982)과 정출헌(「〈향랑전〉을 통해 본 열녀 탄생의 메카니즘」, 『한국고전여성문학연구』3집, 127~163쪽)의 논의를 보면 대체적인 윤곽을 파악할 수 있다. 후자는 한 여인의 일을 두고 이렇듯 많은 이들이 관심을 보이는 현상에 대한 거시적 이해의 틀을 제공해 준다. 전자는 각 작품에 대한 개별적 특성 등을 살펴볼 수 있게 해 준다. 이 두 연구자의 논의를 자세히 소개하여 연구사 검토를 대신하려 한다.

박옥빈은 향랑고사를 제 형식으로 다시 표현한 다양한 글들을 끌어와 이들 사이에 나타난 향랑의 모습이나 그렇게 표현해낸 작가의 의도 등을 살폈다. 그는 향랑을 입전한 글 중 이안중과 이광정의 두 전을 비교·분석하였다. 이광정의 전은 계모, 남편 등의 학대가 제시되고 특히 외숙의 개가 권유 때에 향랑이 '상민의 딸'임을 강조했다고 하였다. 이안중의 전에서는 향랑이 부모의 사랑을 받았음은 물론 남편의 냉대를 못 참아 스스로 집을 나왔으며 외가로 가지 않고 스스로 의식을 해결하는 등 상당히 자존심 강한 인물로 묘사되었음을 지적했다. 또 '물질적 행복'을 강조하며 개가를 권하는 등 물질존중의 사고로 전환해 가는 사회상을 반영했다고 했다. 그러나 박옥빈은 이들 두 전은 물론 조구상, 이옥의 전까지를 한꺼번에 평가하면서 이들이 결국 인도주의적 입장에서 향랑의 죽음을 보지 못하고 사대부로서의 자신들의 윤리의식이나 가치관의 한계를 넘지 못하였다고 평가했다. 이들 네 사람의 전 이외의 것들까지 포괄하여 살피지 못했던 점은 차치하고라도 이들의 서술관점이나 의식면은 좀 더 예각화하여 구별해 보았으면 더 좋았을 것이라는 아쉬움을 남겼다.

운문으로의 연변에서도 서사적인 시와 산유화로 나누어 그 형상화를 비교했다. 이광정은 그가 지은 전에 비해 〈향랑요〉에서는 보다 구체적으로 사실을 묘사했다고 하고 또 선산의 다른 충절들 고사까지 적어서 작가의 도학자적인 면모를 보여주고 있다고 했다. 특히 두기 최성대의 〈산유화녀가〉를 높이 평가했다. 그의 작품에는 향랑이 당하는 고난의 과정은 단순화되어 있는 반면 향랑의 아름다움과 출가, 성대한 결혼식, 행복한 신혼생활 등을 형상화하였다. 그리하여 향랑에게서 '열녀'라는 허울을 벗겨 생기발랄하고 인간적 체취가 넘치는 여인을 묘사함으로써 유교적 가치관에 의한 교화적 성격을 벗어났다고 했다. 신유한도 최성대와 마찬가지로 정열(貞烈)과는 거리가 있는 인간적인 향랑을 그렸다고 하면서 특히 그의 작품에 '새 여자[新女]'가 처음 등장한 점, 그녀를 부러워하고 있는 점, 상류사회의 아화(雅化)로 표현한 점을 지적했다. 이덕무의 〈향랑시병서〉는 서술 측면에서는 일반적인 서술과 별다른 점이 없지만 향랑의 정절을 칭송하기보다 그를 그렇게 내몬 주변인물에 대한 비판적 인식을 보임으로써 전통적 사고에서 다소 진전된 모습을 보였다고 했다. 〈산유화〉에 관해서는 내용 설명에서 그다지 나아가지 않았다.

정출헌은 조선 후기의 각종 효자나 열녀에 대한 정려나 포폄은 향토사회에 대한 지배력을 유지, 강화하려는 일그러진 정치 권력욕이었다는 점을 예를 통해 증명해 내고 있다. 특히 향랑의 경우도 마찬가지이다. 조선 인재의 반은 영남에 있고 영남 인재의 반은 선산에 있다는 말이 생길 정도로 조선 건국이래 수많은 인물을 배출했던 지방이 선산이다. 그러다가 사림파의 부침과 함께 17세기 이후 급격히 쇠퇴하자 그 지방 사림들은 선산 향현(鄕賢)들의 학문적, 도덕적 업적을 도통의 계승이라는 차원으로 끌어올리려는 의도를 가지고 힘을 합쳤다. 그런 노력의 일환으로 향랑이 주목을 받도록 만들었다 했다. 그래서 향랑의 전에는 죽음을 앞둔 한 연약한 인간의 비극이나 두려움은 거세된 채 길재 등의 감화로 이루어진 절행이라는 점만 강조되게 된 것이다. 이런 점을 지적하면서 정출헌은 향랑이 조선후기 열녀 담론에 끼친 파문을 세 가지로 간추리고 있다.

첫째, 향랑의 죽음이 선산지방의 향현, 특히 길재의 감화로부터 비롯되었다는 조구상의 관점을 확고하게 밀고 나간 경우이다. 조구상이나 이광정 등이 이에 해당한다. 이광정의 전에 지주중류비에 대한 장황한 설명이 삽입되거나, 향랑과 길재가 같은 고향사람이라는 풍문을 덧붙이고 있는 점, 그 지방에서 일어난 절의의 행위들을 번다하게 부기(附記)한 것이 바로 그 증거라고 했다.

둘째, 미천한 아낙인 향랑이 어떻게 그런 절행을 할 수 있었는가에 대해 관심을 기울인 경우로, 그 행위를 천성의 소산으로 보기도 하고 성현의 교화 때문으로 보기도 했다. 전자는 김민택의 〈열부상랑전〉이 그 예이고 후자는 윤광소의 〈열녀향랑전〉이 예이다.

셋째는 향랑의 절의를 기린다는 인식은 상대적으로 약화되고 대신 그녀의 비극적인 삶에 대한 입전자의 연민의식이 곡진하게 이입된 경우이다. 이안중, 이옥, 최성대, 신유한, 이노원, 이우신 등이 그런 태도를 취하였다. 이들의 논의는 그들 자신이 사계층 내부에서 겪고 있던 소외 상황 또는 주자학적 담론에 대한 저항과도 일정한 관련을 맺고 있는 것이라 했다.

그러나 정출헌은 향랑은 열녀이기 이전에 '죽음 앞에서 머뭇거릴 수밖에 없는 한 나약한 인간이었음'을 기억해야 한다고 하면서, 향랑은 개가조차 자유롭지 못한 극한의 현실을 살았다는 점을 지적했다. 즉 개가도 할 수 없고 혼자 살기도 힘겨운 비극적 상황 한 복판에 놓여 있었으며 그녀의 죽음은 바로 그런 상황을 보여주고 싶었던 것이라 했다.

향랑 이야기가 산유화나 그 밖의 형식의 글로 표현된 것에 대해 언급한 연구자는 여럿 있으나 이것을 중점적으로 다룬 글만을 제시하면 다음과 같다.

김균태, 「산유화가 연구」, 『한국 판소리·고전문학연구』, 아세아문화사, 1983

박교선, 「香郞傳記의 삼한습유로의 정착」, 고려대 교육대학원 석사논문, 1987

박준원, 「담정총서 연구」, 성균관대 박사논문, 1994

안동주, 「산유화가론」, 『한국언어문학』 34호, 한국언어문학회, 1995.6

이가원, 「산유화 소고」, 『아세아연구』 18호, 고려대아세아문제연구소, 1965

이종출, 「산유화가소고」, 『무애화탄기념논문집』, 간행위원회, 1963

이춘기, 「향랑설화의 소설화 과정과 變異」, 『한양어문연구』 4집, 한양대 한양어문연구회, 1986

_____, 「〈삼한습유〉에 끼친 배경설화의 영향」, 『한양어문연구』 9집, 한양대 한양어문연구회, 1991

조재훈, 「산유화가연구」, 『백제문화』 7·8집, 공주사범대학부설백제문화연구소, 1975

조지훈, 「산유화고」, 『조지훈전집』 7권, 일지사, 1973

제1장

향랑 관련 운문

何舅姑憐娘送娘家荷衣入門無顏儀母怒提床
送汝適人何歸爲差汝性行必無良吾饒不畜藥
門相與犬馬食父老見制無奈何爲裝送娘慈母
慈憐送廏噬爲言汝是農家子見言惟當去從他
知汝無罪胡乃虛老如花容娘言此言大不祥兒
他舅公女子有歸不夏人兒生已與謀兒來見逐
命奇之死杰不汚兒言終怒視祖且詞尋
品要人涓言迎娘去釃酒宰辛列品庶門前繫馬
盤洗出雙金筋娘心驚疑暗自覘正是諸舅要

향랑의 이야기를 바탕으로 이를 운문으로 표현한 작품들을 여기에 모았다. 향랑의 이야기를 쓰되 서사적인 흐름을 고려하여 비교적 자세히 표현한 장편의 시를 1장의 두 번째 항목으로 묶었으며 그렇지 않은 시를 첫 번째 항목으로 구분했다.

첫 번째 항목의 시는 향랑이 오태지에 몸을 던지기 전에 나무하는 아이에게 불러주었다는 〈산유화〉를 노래한 것이 대부분이다. 〈산유화〉라는 제목은 같지만 향랑이나 향랑이 만났던 나무하는 여인을 화자로 내세우거나 하여 각기 다른 양상을 표현했다. 권두경의 글에서 볼 수 있는 것처럼, 향랑의 형편을 말하면서 그 글을 쓴 이의 불우한 삶과 그 능력을 알아보아주는 이 없는 현실을 안타까워하는 내용을 주로 표현한 것들도 있다.

두 번째 항목의 시는 향랑의 일을 이야기하듯 자세히 풀어 쓴 악부체 작품이다. 마지막에 있는 최성대의 글은 이 항목에 넣기가 다소 망설여지기도 한다. 언뜻 보면 향랑과 무관한 일을 노래한 듯 하나 〈산유화가〉가 본래 향랑의 일을 바탕으로 한 것임을 소서(小序)에서 밝힌 후에 버림받은 여인의 안타까운 심정을 이야기하듯 서술해 나갔으므로 이곳에 두었다.

각종 운문에는 앞쪽에 소서(小序)를 둔 것이 많은데 이를 통해서 각 인물들이 누구의 작품을 읽었는지를 알 수 있고, 동시에 〈산유화가〉의 전승 상황까지 파악할 수 있다. 예컨대 이우신의 소서 내용을 통해 그가 이 작품을 쓰기 전에 이안중의 〈향랑전〉을 읽었음을 알 수 있다. 또 이학규의 〈산유화가〉 소서를 통해 이학규의 활동 시절에 이미 이 노래의 가사는 잊혀지고 가락만 전해지고 있었음을 알 수 있다.

1. 서사성이 약한 운문

산유화곡 山有花曲[1]

하늘은 어이 높고 멀며	天何高遠
땅은 어이 넓고 아득한가	地何曠邈
천지 비록 넓다 해도	天地雖大
한 몸 기댈 곳은 없구나	一身靡託
차라리 강물에 뛰어들어	寧投江水
고기 뱃속에 장사지내리	葬於魚腹

조구상(趙龜祥), 『유현집(猶賢集)』[2]

---

1) 조구상이 향랑의 일을 기록하면서, 향랑이 죽기 전에 불렀다고 하여 기록한 노래가 바로 이것이다. 조구상의 문집 『유현집』에도 별다른 설명 없이 이 작품이 실려 있다. 실제로 이것을 향랑이 지어 부른 것이며, 그것 그대로를 옮겼는지는 모르지만 확실한 증거가 없으므로 우선 조구상이 지은 것이라고 해 둔다.

2) 趙龜祥(1645, 인조23 ~ 1712, 숙종38) : 조선후기 문신으로, 趙讚韓의 손자이다. 조찬한의 문집 『玄洲集』도 조구상이 간행한 것이다. 1687년 처음 출사하였으나 기사환국 때에 여주에 은거했다가 갑술년(1694) 이후에야 다시 조정에 나왔다. 만년에 그의 할아버지가 부임해서 다스리던 곳인 선산의 부사로 부임하였다. 저서로 『猶賢集』이 있다.

향랑 정려에 붙여 題香娘旌閭[3]

삼월 봄바람에 풀은 우거졌으니   東風三月草離離

오태강 가에서 신 벗고 죽은 때라   吳太江邊脫履時

새 곡조 부르려다 목 매이는 곳   唱到新詞聲咽處

가련한 가지에 산꽃은 피어 있네   山花猶發可憐枝

조구상, 『유현집』

---

3) 장지연이 1921년에 편찬한 『逸士遺事』 5권, 香娘 부분에 조구상이 썼다는 이 시가
실려 있는데, 위 시와 같이 칠언절구가 아니라 가운데 네 줄이 더 들어가서 칠언율
시로 되어 있다. 首聯과 尾聯의 내용은 똑같다. 이보다 앞서 1814년에 지어진 한문
소설 〈삼한습유〉 3권에도 이 시가 칠언율시로 실려 있다.

일선 향랑의 전을 읽고 讀一善香娘傳

강에 뛰어든 높은 의 산보다 무거우니	投江高義重於山
남자도 힘든 일 아녀자가 했구나	兒女能爲男子難
푸른 물 바라고 시구를 읊조리며	詩句遙吟向碧水
품은 슬픔 위로 받아 마음이 편안하다	含悲慰爾一心安

정선(鄭銛)4), 『삼기재집(三棄齋集)』1권5)

---

4) 鄭銛(1634, 인조12~1717, 숙종43): 자는 器彦, 호는 三棄齋이며 본관은 청주이다.
   아버지는 基績이고 어머니는 안동권씨 權滾의 딸이다. 청주 정씨는 고려의 명문가
   였으나, 고려말에 정치가 혼란해 지자 鄭顓가 외가가 있던 안동의 풍산 檜谷에 은
   거하게 되었다. 정선의 증조부나 조부는 퇴계의 문하에서 공부하였고 遺逸이나 學
   行으로 벼슬 자리에 잠시 나가기도 했으나 광해군 무렵의 어지러운 정치에 염증을
   느껴 은거하였다. 이런 집안 분위기와 같이 정선 역시 벼슬에 뜻을 두지 않고 학문
   에 정진하였다. 문장에 글씨에 모두 뛰어났으나 저술은 즐기지 않고 聖學의 계승에
   만 전념했다. 『三棄齋集』4권을 남겼다.
5) 안동대학교 퇴계학연구소 편, 『퇴계학자료총서』42권에 영인됨.

산유화 3장 山有花三章

산에선 꽃 지고	山有隕花
시내는 흘리누나	溪水流之
누대에서 노니는 여인	臺有遊女
좋은 선비 찾는다네	良士求之
산에선 꽃 지고	山有隕花
시내는 띄우누나	溪水漂之
누대에서 노니는 여인	臺有遊女
좋은 선비 원한다네	良士要之
산에선 꽃 지고	山有隕花
시내는 씻기누나	溪水濯之
누대에서 노니는 여인	臺有遊女
좋은 선비 즐긴다네	良士謔之

김창흡(金昌翕)[6], 『삼연집(三淵集), 습유(拾遺)』 1권

---

[6] 金昌翕(1653, 효종4~1722, 경종2): 서인 노론계에 속하는 조선 후기의 유학자로 본관은 안동, 자는 子益, 호는 三淵, 시호는 文康이다. 척화파의 대표인물인 金尙憲의 증손자이며 壽恒의 셋째아들이다. 1673년(현종 14)에 진사시에 합격한 뒤로 과장에 발을 끊고 학문에 전심하였다. 형 창협과 함께 성리학과 문장으로 널리 이름을 떨쳤다. 『삼연집』, 『瀋陽日記』 등의 저서가 있다.

태안 지주비 아래 향랑비가 있는 것을 보고 望泰安砥柱下有香娘碑

금오산 어디메뇨	何處金烏是
저물녁 강바람 잔잔치 않네	江風暮不平
향랑비 가까운 곳에	香娘碑遠近
지주비 물결에 우뚝하여라	砥柱浪崢嶸
곳마다 학교가 세워져 있어	學校諸州遍
촌 아낙도 정절을 지켰구나	村閭一女貞
물고기밥 되었음을 슬퍼하면서	悲吟向魚腹
죽지[7] 한 가락을 읊어 보내네	送以竹枝聲

김창흡, 『삼연집, 습유』7권

금오서원(金烏書院) : 길재 등 선산의 유자(儒者)들을 모신
서원이다. 영남 지방에는 유독 서원들이 많이 세워졌다.

---

7) 죽지는 歌詞의 한 體로, 남녀의 情事나 지방의 풍속을 읊은 것을 말한다.

최성대의 산유화가 뒤에 붙여 題崔生士集成大山有花歌後

솜씨 있는 악공의 피리 소리가 　　　巧伶奏橫篴

번잡스레 사람 마음 어지럽히고 　　繁吹蕩人心

거문고 붉은 줄로 청묘8)를 타니 　　朱絃淸廟瑟

거푸 탄식해도 소리는 남네 　　　　三歎有遺音

형산에 옥돌이 쌓여 　　　　　　　荊山璞蘊珎

무지개빛 한밤중에 일어나지만 　　虹光中夜起

옥장(玉匠)이 지나치고 안 돌아보니 　玉人過不顧

뉘라서 성시(城市)에 소식 전하리 　誰信連城市

상복(桑濮)의 음악9) 사람들 귀 기울였고 　桑濮衆耳傾

오대(梧臺)10)의 들에서 돌을 바쳤지 　　石獻梧臺野

---

8) 淸廟는 文王의 덕을 찬미한 雅樂을 말한다.

9) 桑濮은 본래 '桑閒濮上'이라 쓰는데, 이것은 음탕한 음악을 가리킨다. 복수 상류에
　상한이라는 땅이 있다. 옛날 은나라 紂王이 師延에게 음탕한 음악을 만들라고 시켰
　었는데 나라가 망하자 사연은 복수에 빠져 죽었다. 후에 師涓이 지나다가 밤에 그
　곳에서 나는 소리를 듣고 이것을 흉내내어 晉平公을 위해 음악을 지었다. 그 후로
　는 桑濮 또는 桑閒이란 말은 음탕한 음악, 亡國의 음악을 가리키게 되었다. 『禮記,
　樂記』에 보인다.

10) 梧臺는 梧宮에 있던 臺를 말한다. 송나라 어리석은 사람이 대의 동쪽에서 연나라

사양자11)와 변화12)가 했었던 일들	師襄與卞和
후세에 이 일 할 자 누구일런지	千載何爲者

권두경(權斗經)13), 『창설재집(蒼雪齋集)』 7권

돌을 얻었다. 돌아와 감춰두고 큰 보물을 얻은 듯이 여겼다. 주나라 객이 이 소문을 듣고 보자고 하자 주인은 예복을 입고 목욕재계 한 후 보물을 펴듯 상자를 열었다. 10중으로 쌓인 상자 안에 든 것을 보고 손님은 웃음을 터뜨렸다. "이것은 연나라 돌이다. 기와와 다를 바 없는 것이다"라 하니 주인은 화를 내며 더욱 견고하게 이것을 보관하였다. 『太平御覽, 地, 石上』에 보인다.

11) 師襄子은 춘추시대 노나라의 樂官이다. 『孔子家語』와 『사기』, 『열자』 등에 공자가 사양에게 거문고를 배웠다는 내용이 있다. 공자는 사양자에게 거문고를 배우면서 그 기술은 물론 그 곡조를 지은 사람까지 깨우치는 경지에 이르렀다고 한다.

12) 변화는 춘추시대 초나라 사람으로 산에서 옥을 얻어 왕에게 바쳤다. 그러나 번번이 이것을 알아보지 못하고 돌이라 하여 그 벌로 발꿈치를 잘리는 형벌을 받았다. 나중에야 결국 이것이 귀한 옥으로 판명되었다. 『몽구』에 「卞和泣玉」이라는 항목이 있기도 하다.

13) 權斗經(1654, 효종5~1725, 영조1): 아버지 濡와 어머니는 禮安金氏 사이에 태어나 李玄逸에게 사사한 조선 중기의 학자이다. 본관은 안동, 자는 天章, 호는 蒼雪齋이다. 1679년에 사마시에 합격하였다. 형조정랑 등을 역임하였는데, 특히 산천의 형세, 인물의 出處, 세대의 변혁, 君臣의 賢否, 정치의 得失 등에 예리한 안목이 있었다고 한다. 저서로 『창설집』이 있고, 또 『退溪先生言行錄』과 『陶山及門諸賢錄』을 편찬하기도 했다.

봄 밤 물 가에서 최성대의 산유화가를 읊다가 특별한 감동이 있어서
60운을 얻다 春夜海上 咏崔士集山有花歌 感別多懷 因得六十韻

허둥대며 사는 객이 있는데	客有棲遑者
동해서 여섯 번째 봄을 맞는다	逢春六海東
들꽃은 저리도 가지런하며	野花何歷歷
물가 풀 역시나 무성하구나	汀草亦芃芃
세 칸 작은 집 깨끗하고	小屋三間淨
외딴 성 사방으로 투욱 터졌네	孤城四望通
달은 나루 푸른 버들 머금고	月含津柳翠
안개는 물가 붉은 복사꽃 꾸미네	烟織浪桃紅
경물은 아침저녁 변함이 없고	景物朝連夜
광음은 모든 것을 덮어주도다	光陰豁復蒙
나무에선 벗 구하는 새가 우짖고	樹吟求友鳥
구름 속엔 무리 그리는 기러기 운다	雲叫戀群鴻
이별노래 절절함을 탄식하면서	感歎離聲緊
나그네 생각 많아 높이 오르네	登臨旅思隆
옛 사람은 지금 낙동강에 있고	故人今在洛
새 노래만 예로부터 술잔에 전한다	新什舊傳筒
해 아래 소식은 성글지만은	日下音塵濶

하늘 가 절기는 변함 없구나   天涯節序同

상자 열어 훌륭한 글을 꺼내니   傑篇開篋笥

높은 노래 주렴 너머로 나네   高唱透簾櫳

산유화 구절이 가장 빼어나니   最秀山花句

선산 여인 마음 슬퍼하누나   長悲善女衷

[山有花歌]

나무하는 여인에게 말을 남기고   結言遺采婦

눈물 흘리며 함께 노래 불렀네   將淚與歌童

원망스레 여인의 절개 노래했는데 怨作香閨節

가사가 예원의 웅장함에 귀속되리라 詞歸藝苑雄

다가온 봄은 골짜기 향풀을 퍼뜨리고 拾春移洞蕙

온화한 비는 강 단풍 씻기네   和雨灑江楓

마지막 곡조14)는 상강 아황15)의 거문고 소리요 曲亂湘娥瑟

우짖는 소리는 두견화 떨기에 남아 있구나 啼殘杜宇叢

핏자국 남아 꽃은 더욱 선명하고 血留葩粲爛

반점 생겨 대나무가 곱고 투명해 斑化竹玲瓏

옥이 부서지는 듯 소리마다 묘하고 玉裂聲聲妙

금으로 새긴 양 글자마다 공교롭다 金雕字字工

---

14) 曲亂은 마지막 곡조라고 해석했다. 『논어』, 「泰伯」에 보면 子曰: "師摯之始, 關
  睢之亂, 洋洋乎! 盈耳哉."라는 구절이 있다. 이에 대해 注하기를 '亂, 樂之卒章
  也.'라 한 용례가 있다.

15) 아황과 여영은 순임금의 두 비였다. 순임금이 죽자 두 사람은 상강에 몸을 던져
  죽었다. 이후로 이 일대의 대나무는 핏자국을 머금은 듯 울긋불긋했다고 한다.

맑은 음색 하늘과 그 색을 같이하고	朗因天與色
그윽한 깨우침은 귀신도 이룰 수 없네	幽覺鬼無功
정악은 주나라 범수에서 통하지만은	正樂通周汜
슬픈 소리 초나라 풍강에서 시름겹다네	哀音劇楚灃
곡조에 빠져 고기 맛을 잃고[16]	喜堪忘肉味
읊조리고 나니 두통이 치료됐네	吟已療頭風
천년을 울리리라 말은 못해도	不道千年響
한 세상 어둔 귀는 열 수 있으리	能開一世聾
그리는 생각 깊은 밤까지 이어지고	相思屬良夜
급한 곡조는 개인 하늘에 울리네	繁奏向晴穹
아주 맑은 소리 구름까지 이어지고	淸切絙雲定
미미한 소리 안개 속을 뚫고 가누나	依微貫霧融
소리는 포구 밖으로 날고	韻飛鮫浦外
곡조는 높은 누대로 지네	調墮屛樓中
하백이 구슬 난간에 기대고	河伯憑珠檻
신선이 패궁에 둘러 있는 듯	神仙繞貝宮
춤추는 소리 용이 물결을 떨쳐나길 재촉하고	舞催龍趹浪
기쁜 소리 학이 공중에 떠오르길 부르는 듯	歡召鶴騰空
음률에 화답하듯 온화한 바람 가늘고	應律和風細

---

16) 『논어』, 「述而」에 子在齊聞韶, 三月不知肉味. 曰: "不圖爲樂之至於斯也!" 라는
구절이 있다. 음악을 듣고 기뻐한 공자가 먹는 것도 잊어버릴 만큼 되었다는 것인
데, 이 구절은 공자의 이 일을 염두에 두고 쓴 것이 아닌가 싶다.

정에 끌린 듯 담박한 달빛 둘러쌌도다 　　牽情澹月籠

하늘 모퉁이엔 별이 장막처럼 늘어서 있고 　　角天星幕歷

고깃배 불에 나무는 푸르게 싸여 있구나 　　漁火樹蔥籠

상강 아황의 울음소리 가만히 일어 　　闇起江娥泣

총명한 원기(苑妓)를 몰래 가르치는 듯 　　潛敎苑妓聰

번거로이 악기 연주하지 마소 　　莫煩操樂器

어찌 일마다 악관(樂官)을 기다리리오 　　何事待師矇

흥함이 다하면 근심이 이는 것이니 　　興極愁翻惹

밤은 깊어가고 곡조도 끝나가누나 　　更深曲復終

꿈은 관문과 변방처럼 멀기만 하여 　　夢仍關塞遠

마음은 한산처럼 높기만 하네 　　心與漢山崇

일을 대하면 초에 오른 이 가련하고 　　卽事憐登楚

기쁨이 있어도 풍에 있는 이 생각나네 　　餘歡憶在豊

사귀는 정은 궐을 업고 다니는 것 같고[17] 　　交情擬負蹷

글로 모여서는 미사여구로 꾸미네 　　文會及雕蟲

내가 진흙 가 오얏 된 것 부끄러워하며 　　愧我塗邊李

그대가 부뚜막 아래 오동나무 된 걸 알았네 　　知君爨下桐

집에는 난 향기 가득하고 　　室從蘭馥郁

산엔 옥 가는 숫돌 더해져 있네 　　山忝玉磨礱

---

17) 蹷은 짐승이름이다. 앞발이 짧고 스스로 뛰지 못하여 늘 邛邛岠虛라는 짐승과 함
께 거하면서 그를 위하여 먹이를 모으고, 위험에 부닥치면 그 등에 업혀서 내뺀다는
짐승이다. 『說文通訓定聲』에 보인다.

변한 노나라에서 기예 논하기 부끄러우니	變魯慚論技
양나라로 놀러가 기쁘게 한 몸 맡기리	遊梁喜托躬
장막에 밤이 와 등불 고운데	帳宵燈燭艷
눈 내리는 정자엔 악기소리 아련하구나	亭雪管絃濛
함께 황금 앵무를 불러와서는	共喚金鸚鵡
나란히 철갑 준마 몰고 가는 듯	齊驅鐵驄驄
말이 짚어지자 때로 팔을 붙잡고	話深時把臂
노래 서글퍼 눈동자 젖어드누나	歌怨亦沾瞳
깨끗한 인품으로 귀신같은 글을 전하나	灑落傳神筆
허공의 달빛 구리거울만 비추네	虛明照膽銅
예나 지금이나 연나라 시장의 축(筑)이요[18]	古今燕市筑
천지간 초나라 사람의 활이로다[19]	天地楚人弓
자부에서 여러 황제가 길 잃었는데	紫府迷群帝
요대에서 유융을 바라보노라[20]	瑤臺望有娀

---

18) 형가와 고점리는 매우 가까운 친구 사이였다. 연나라 수도 燕市에서 둘은 고기를 먹고 술을 마시다가 술이 거나해지면 고점리가 筑을 치고 형가는 화답하며 노래를 불렀다. 나중에 형가가 진시황을 죽이러 떠날 때도 고점리가 축을 연주하고 형가가 노래를 불렀다. 이후로는 절친한 친구 사이의 정을 표현하거나 그런 친구간의 석별의 정을 말할 때 '燕市悲歌'라는 말을 사용했다. 『사기』, 「자객열전」에 보인다.

19) '楚王失弓, 楚人得之'의 형태로 주로 사용되는 말이다. 즉 초나라 왕이 잃은 활을 초나라 사람이 주웠으니 초나라의 입장에서 보면 전혀 손실이 없다는 뜻이다. 『公孫龍子』, 「迹府」에 나온 이후 『孔子家語』 등 여러 곳에 자주 보인다.

20) 여기서는 '有娀'을 契의 외가로 보았다. 『詩經』, 「商頌, 玄鳥」에는 '天命玄鳥, 降而生商, 宅殷土芒芒, 古帝命武湯, 正域彼四方' 이라는 내용의 시가 있다. 그 아래 설명에 의하면, 高辛氏의 妃이자 有娀氏의 딸인 簡狄이 祼제사를 지낼 적에 제비가

재주가 모자라나 밝은 주인 만나서	才踈遇明主
명은 박해도 천공의 지위 맡았네	命薄任天公
뿔을 두드리며 기쁘게 노래한 영척21)	叩角休歌甯
돌아가려는 마음 장차 풍이와 말하리22)	歸心且語馮
행장을 차려 허둥지둥 왔더니	束裝還草草
이별도 마침내 급히 왔구나	離別遂恖恖
남녘 땅 농부를 뒤따라가고	南田每隨田畯
동해 바다 조옹과 함께 하누나	東溟伴釣翁
먹는 것이 어려워 줄풀23) 인심도 박정하고	食艱菰冷落
옷은 낡아 칡넝쿨로 칭칭 감았네	衣故葛蒙戎
친척은 와서 서로 비웃고	親戚來相笑
아낙과 아이도 보고 슬퍼하누나	妻兒視亦恫
거문고 타는 손 멈춰 버리고	琴絃手梗澁
시를 읽는 눈이 어두워졌네	詩軸眼朦朧

알을 떨어뜨렸다. 簡狄이 이것을 삼켜 契를 낳았고 그 후손으로 有商氏가 태어나 천하가 갖추어지게 되었다. 또 『시경』, 「商頌, 長發」에 '濬哲維商, 長發其祥. 洪水芒芒, 禹敷下土方, 外大國是彊. 幅隕旣長, 有娍方將, 帝立子生商.'이라는 부분도 있다. 유융을 통해서 商나라가 세워지는 것이다.

21) 제환공이 어느날 영척이 쇠뿔을 두드리며 노래하는 것을 듣고는 그를 등용했다는 고사가 있다. 주로 '甯戚牛角'이라는 형태로 쓰인다.

22) 후한 광무제의 공신이었던 馮異는 孟津장군이 되어 陽夏侯로 추봉되었던 사람이다. 공을 논할 때가 되면 그는 언제나 혼자 나무 아래로 물러나 공을 논하지 않기 때문에 大樹장군이라 불렸다.

23) 菰는 포아풀과에 속하는 다년생의 수초로 잎은 자리를 만드는 데 쓰이고 열매와 어린 싹은 식용으로 사용된다.

머물자니 자식 없는 승려와 같고	坐似無生衲
다니자니 매임 없는 쑥과 같구나	行如不繫蓬
바다 입구라 봄도 아직은 춥고	海門春尙凍
숲 속 집은 낮에도 어둡기만해	林屋晝還曹
들판 풀은 아지랑이와 얽혀 있고	原綠縈晨靄
모래톱 어둡고 저녁 안개 가득할 때	洲昏漲夕雺
지팡이 짚고 억지로 일어나서는	强扶藜杖起
겨우 버드나무 심긴 제방 끝에 갔는데	纔到柳堤窮
들리느니 연약한 사슴 소리요24)	聽感呦呦鹿
보이느니 펄쩍펄쩍 뛰는 메뚜기25)	觀愁趯趯螽
고개 드니 누구에게 은혜 베풨나	擧顔誰惠好
고개 돌리니 마음만 아려오는 걸	回首但心忡
그대는 높은 지위 올랐지마는26)	願子能遷木

---

24) 『시경』, 「小雅, 鹿鳴之什, 鹿鳴」에 '사슴 우는데, 들의 대쑥을 뜯네, 내게 아름다운 손님 있어, 비파 타며 피리 부네, 피리 불고 생활 울리며, 광주리에 폐백 올리니, 나를 좋아하는 이는, 내게 大道를 보여주시오呦呦鹿鳴, 食野之苹. 我有嘉賓, 鼓瑟吹笙. 吹笙鼓簧, 承筐是將. 人之好我, 示我周行.'라 하였다. 주자는 이 시를 설명하기를, 사슴의 울음소리에서 흥기하여 잔치를 베풀어 음악을 연주하면서 상하가 하나되는 도를 구하는 노래라고 하였다.

25) 『시경』, 「召南, 草蟲」에 '찌르르 우는 풀벌레요, 팔짝팔짝 뛰는 메뚜기로다, 군자를 만나지 못해서, 마음이 근심스럽네, 그를 보고, 그를 만나면, 내 마음 가라앉으리 喓喓草蟲, 趯趯阜螽. 未見君子, 憂心忡忡. 亦旣見止, 亦旣覯止, 我心則降.'이라는 구절이 있다. 주자는 이 노래를 설명하기를, 남편이 부역을 나가 있자 아내가 홀로 살면서 계절의 변화에 느낀 점이 있어 남편을 생각한 것을 쓴 것이라 하였다.

26) 『시경』, 「小雅, 鹿鳴之什, 伐木」에 보면 '턱턱 나무를 베니, 구구구 새가 노래하도다, 깊은 골짜기서 나와, 높은 나무로 올라가도다, 화답하며 욺이여, 벗을 찾는 소리

아아! 나만 홀로 쑥대밭을 헤매이누나	嗟余獨轉蓬
바람과 파도 편지를 쓰고	風波書一鯉
우레와 비 쌍무지개 가르는구나	雷雨劍雙虹
태평성대에 은택이 미치지만은	聖代覃恩澤
늙고 쇠해짐을 슬퍼 우노라	休光泣老癃
어느 때에나 채색 봉황을 타고	幾時跨彩鳳
나란히 날개짓해 오색 구름을 날까	比翼五雲沖

신유한(申維翰)[27], 『청천집(靑泉集)』1권

로다, 저 새도, 벗을 찾는데, 하물며 사람이, 벗을 찾지 않는구나, (벗과 돈독히 하면) 신이 들어주어, 끝내 화평하리라伐木丁丁, 鳥鳴嚶嚶. 出自幽谷, 遷于喬木. 嚶其鳴矣, 求其友聲. 相彼鳥矣, 猶求友聲. 矧伊人矣, 不求友生. 神之聽之, 終和且平.'라 한 구절이 있다. 이 구절 '遷于喬木'에 근거하여 높은 곳에 오르는 것을 높은 지위에 오르는 것이라 해석했다.

27) 申維翰(1681, 숙종 7~?): 조선 후기의 문신으로, 본관은 寧海, 자는 周伯, 호는 靑泉이다. 경상북도 고령출신으로, 그의 아비는 泰始이다. 1713년 증광문과에 급제하여, 1719년 製述官으로서 통신사 洪致中을 따라 일본에 다녀오기도 했으며 벼슬이 봉상시첨정에 이르렀다. 문장으로 이름이 났는데, 특히 시에 걸작품이 많고 詞에도 능하였다. 杜機 崔成大와 친하였다. 『해유록』, 『청천집』 등을 남겼다.

산유화 山有花

선산의 여인 향랑이 죽을 때에 이 노래를 짓고 죽었다. 그 곡조가 너무 속되어서 고쳤다.
善山女香娘臨節時, 作此曲而死. 其曲甚俚 故更作之.

산엔 꽃이 있는데	山有花
내겐 집이 없구나	我無家
내게 집이 없으니	我無家
저 꽃만 못하구나	不如花
산에 꽃이 있으니	山有花
복사꽃과 오얏꽃이라	桃與李
복사꽃 오얏꽃 섞여 있어도	桃李雖相雜
복숭아 나무서 오얏꽃 피진 않으리	桃樹不開李花
흰 오얏꽃	李白花
붉은 복사꽃	桃紅花
붉은 색 흰 색이 같지 않으니	紅白自不同
복사꽃은 지더라도 복사꽃이라	落亦桃花

李白花桃紅花紅白自不同落亦桃花
山有花桃與李桃李雖相雜桃樹不開李花
山有花我無家我無家不如花
山有花

善山女香娘臨節時作比曲而死其曲甚俚故更作之

이안중(李安中)[28], 『현동집(玄同集)』(장서각본)[29]

---

28) 李安中(1752, 영조28~1791, 정조15): 본관은 全州, 자는 평자, 호는 玄同 또는 丹
丘이다. 세종의 아들로 20세에 요절한 廣平大君의 후손이나 이안중과 가까운 선대
들은 그 활동이 미약하다. 조부가 단양군수를 역임한 이래 아버지부터는 별다른 벼
슬을 하지 못했다. 이안중 역시 여러 차례 과거에 응시했으나 계속 낙방하자 그것에
뜻을 접고 문학에만 전념하였다. 그는 당시 사람들에게 '文章士'라 불릴 정도로 문
학에 뛰어난 재질이 있었는데 특히 애정시류에 뛰어났다. 이우신, 김리양, 이노원
등과 깊은 교류를 가졌다. 그의 작품은 한 곳에 모아져 전하지는 않는다. 『海叢』에
그가 지은 두 편의 인물전이 있고, 『담정총서』에 「단구자악부」 등이 실려 있는 등
여러 곳에 그의 글이 흩어져 있다. 김리양이 이안중을 위해 지은 제문이 김리양문집
에 남아 있기도 하다. 저서로 『현동집』이 있다.
29) 이 작품은 김려의 『담정총서』 30권의 「丹丘子樂府」에도 실려 있다.

산유화곡 4수 山有花曲四首

산 꽃은 얼굴 같고 잎은 눈썹 같으며	山花如面葉如眉
꽃 아래 누각 칠보 단장했구나	花下粧樓七寶幃
누각 앞엔 버드나무 무수한데도	無數樓前楊柳樹
님은 어이 오추마 매지 않는지	陸郞何不繫斑騅

님의 맘은 저 꽃처럼 한들거리네	郞如裊裊開花樹
꽃 져도 내년에는 또 피겠지만	花落明年花滿枝
저는요 가지 위에 꽃술 같아서	妾如灼灼着枝蘂
한번 지면 다시는 붙을 수 없네	一落曾無更着時

낙동강 봄물은 거울보다 맑고	洛東春水鏡不如
금오산 경치는 새로 씻은 듯	金烏山色尾新掃
향랑의 혼백은 금오산 바위 아니면	娘魂不作烏山石
강남의 미무초30)가 되었으리라	應化江南蘪蕪草

---

30) 미무초는 향초의 한 종류로 어린 芎藭이를 말한다. 즉 미나리과에 속하는 다년초로 어린 잎은 식용으로 사용하며 뿌리는 약재로 쓴다. 이것을 지니면 옛 남편이 돌아온 다고들 하였다. 그래서 옛시에 '上山采蘪蕪, 下山逢故夫'라는 구절도 있다. 『爾雅 翼』2권에 z자세한 설명이 있다. 한나라 때 유향이 『九嘆, 怨思』에서 사용한 이래 怨詞를 쓴 악부에서 자주 나타난다.

강남 강북의 버선 신은 아이들   江南江北寶襪兒

봄 노래 한 곡조로 풀쌈하다 돌아가네   一曲春歌鬪草歸

끝없는 봄바람 강 언덕에 불어오고   無限東風江上岸

지금도 꽃피니 향랑의 때와 같구나   至今花發似娘時

이안중, 『현동집』(장서각본)[31]

---

31) 김려의 『담정총서』 30권의 「丹丘子樂府」에도 실려 있다.

산유화곡 山有花曲

산유화곡은 여항의 가사이다. 단구자 이안중이 이것으로 전을 지었는데 그 대략은 다음과 같다.

향랑은 선산의 열부(烈婦)이다. 성품이 깨끗하고 용모가 아름다웠으며 가산 (家産)도 넉넉하여 여러자 되는 산호수가 있을 정도였다. 같은 마을의 부자 상인에게 시집갔다. 시어머니가 음탕하였는데 향랑이 알고 자주 간하는 것을 미워하여 억지로 향랑도 함께 더럽히려 하였다. 그렇게 할 수 없자 쫓아버렸다. 남편도 향랑을 좋아하지 않아서 그녀를 찾지 않았다. 향랑이 여자들과 함께 낙동강에 놀러갔다가 노래를 지어 불렀다.

산에 꽃이 있는데	山有花
내겐 집이 없구나	我無家
내게 집이 없으니	我無家
저 꽃만 못하도다	不如花

또 노래했다.

산에 꽃이 있으니	山有花
복사꽃과 오얏꽃이라	桃與李花
복사꽃 오얏꽃 섞여 있어도	桃李雖相雜
복숭아 나무서 오얏꽃 피진 않으리	桃樹不開李花

여자들에게 말하기를,
"나를 위해 부모님께 전해주렴. 길선생 지주비 아래서 향랑이 죽었다고 말이다."

하고는 마침내 강에 뛰어들었다. 이안중이 또 고시절구를 짓으니 우리 집안 사람(이우신-역자주)이 이것에 더하여 화답하였다.

山有花曲者, 俚辭也. 丹丘李平子爲之傳, 其略曰: 香娘者, 善山烈婦也. 性潔貌好, 家亦殷, 有數尺珊瑚樹. 嫁同郡巨商人, 其姑淫, 惡娘知且巫諫, 欲强淫娘以混, 不可則驅遣之, 其夫亦不悅於娘, 因不尋. 娘與女伴遊洛同江, 作歌曰: "山有花, 我無家, 我無家, 不如花" 又曰: "山有花, 桃與李花, 桃李雖相雜, 桃樹不開李花" 謂女伴曰: "幸爲我傳語父母. 吉先生砥柱碑下, 香娘死." 遂投江. 平子又作古絶, 吾宗益之和之.

찰랑찰랑 봄물 긴 둑에 머물고	桃花春水泊長堤
둑 위 아이들 팔짱 끼고 노는데	堤上遊兒約臂齊
금오산에 떠오른 달을 보고는	忽見金烏山上月
고개 떨궈 슬퍼하며 나물 캔다네	低頭惆悵採柔萋

삼월 청명절에 버들과 오얏꽃 피니	三月淸明楊李花
가벼운 비단 잘라 새 옷 만드네	新裁白袷翦輕紗
님의 집 낙동강 가까이 인데	郎君住近同江上
강가에 있는 집이 천만 호라네	江上千家復萬家

낙동강 물은 삼처럼 보드랍고	洛同江水軟如麻
강 남북엔 복사꽃 가득 하구나	江北江南桃發花
저물어 돛단배가 무수히 가나	日暮帆檣無數過
어느 누가 향랑의 집을 묻는가	就中誰客問娘家

이노원(李魯元)32), 『담정총서』 7권, 『백월당소고(栢月堂小稿)』

---

32) 李魯元(?~1811, 순조11년): 이노원에 관해서는 자료가 거의 남아 있지 않아 소개하기가 어렵다. 『담정총서』의 내용을 바탕으로 박준원(『담정총서』연구, 성대박사학위논문, 1994)이 소개한 것에 따르면, 그는 이우신의 종숙부로 이우신, 김선, 권상신, 이안중, 김이양 등과 함께하며 시문 창작에 주력했다. 그러나 대부분의 작품이 없어지고 현재는 『담정총서』 7권의 『백월당소고』와 16권의 『추벽당문초』만 남아 전한다. 담정 김려는 그의 작품을 평가하기를 情思가 샘처럼 솟아난다 하였고 곡은 옥같은 운을 지어낸다고 한 것으로 보아 시에 상당히 특출했던 것으로 보인다.

산유화후곡 山有花後曲

물가의 봄볕은 깁처럼 엷고   汀皐春日薄秋紈

푸른 나귀 난초만 밟고 가누나   裔裔青驪踏素蘭

바람에 꽃이 져 난간은 비었는데   風吹花落空欄干

구름인양 푸른 나무 종일 보이네   碧樹如雲朝暮看

이노원, 『담정총서』7권, 『백월당소고』

산유화곡 山有花曲

산유화곡은 선산의 열녀 향랑이 지은 것이다. 시집간 후에 시댁에서 쫓겨났다. 어미가 수절하려는 뜻을 빼앗으려 하자 향랑은 꽃을 따러 간다 하고는 야은 길재의 지주비 아래에 가서 산유화곡을 짓고 마침내 물에 빠져 죽었다. 가사는 잃어버려 기록하지 않는다. 단구자 이안중이 그 일을 전으로 썼고 내가 보충하여 절구 두 수를 짓는다.

山有花曲者, 善山烈女香娘之所作也. 旣嫁而遭, 其母欲奪其志, 娘托言採花, 適吉冶隱砥柱碑下, 作山有花曲, 遂投水而死. 辭逸不錄. 丹丘李平子[安中]爲傳其事, 而余補作絕句二首.

삼월 뚝방 버들은 까마귀를 감추고	官堤三月柳藏鴉
십리라 낭군 집은 풀빛에 가렸구나	十里郎家艸色遮
성 안의 어디쯤 머리 올린 여인이	何許城中高髻女
꽃 꽂고 물에 와 고개를 기울이네	揷花臨水領偏斜

구슬 굴레 금 채찍에 흰말을 타시고는	珠勒金鞭白鼻騧
낭군님은 우리 집에 사흘간 머무셨지	憶郎三夜宿儂家
넉 자 되는 산호수 우리 집에 있었건만	儂家四尺珊瑚樹
꽃샘추위 무서워 꽃은 피지 않았었네	苦畏春寒不作花

山有花曲

山有花曲者善山烈女香娘之所作也阮嫁
而遺其母欲棄其志娘托言採花遠吉冶隱
砥柱碑下作山有花曲遂投水而死辭逸不
錄丹丘李平子安中爲傳其事而余補作絕
句二首

官堤三月柳藏鴉十里即家州色遲何許城中唱舊聲
女挿花臨水領偏斜

其二

珠勒金鞭白臭驕憶即三夜宿儂家二四尺珊瑚
樹苦畏春寒不作花

이우신(李友信)[33], 『수산집(睡山集)』[34]

---

33) 李友信(?~1822, 순조22): 서울출신 문신이자 학자로 본관은 德山이다. 자는 益之,
   호는 文原, 睡山이다. 이조판서 植의 후손으로, 당시의 대학자인 金亮行의 문하에
   서 학문을 깊이 연구하였다. 『근사록』과 朱書를 중점적으로 연구하여 성리와 인물
   성에 대하여 분석하였다. 易理를 연구, 碁三百度數를 풀이하여 오류를 시정하였
   고, 荀子의 성악설에 대하여 이유를 열거, 배척하기도 하였다. 1818년(순조 18) 가
   주서로 기용되어 학문의 능력을 인정받아 경연관과 서연관에 등용되었으며 이듬해
   에는 시강원의 諮議를 지냈다. 학문이 깊고 지식이 해박하여 많은 사람의 존경을
   받았다. 저서로 『수산유고』 4권이 있다.
34) 『수산집』은 국립중앙도서관 고문서실에 있는 것으로 원문대조 하였다. 『담정총서』
   1권, 「竹莊散藁」에도 실려있다.

산유화후곡 山有花後曲

한가로운 봄바람 제비는 비껴날고   漫漫東風燕燕斜
떠도는 아지랑이 난마처럼 가득한데   遊絲百丈亂如麻
불쌍하다 여인은 머물 집이 없으니   可憐女子無家別
저 산의 꽃에도 미치지 못하도다   曾不及他山有花

이우신, 『수산집』

산유화가 山有花歌

〈산유화〉는 본래 낙동강 근처 마을의 여인이 강에 몸을 던진 부인을 위해 지은 것이다. 지금은 가사는 없고 곡조만 전해진다. 매년 봄 산나물을 캐고 모 종자를 뿌릴 쯤이면 그 느린 곡조를 듣게 되는데 오열하는 듯한 소리가 얽혀 매우 구슬퍼서 사람으로 하여금 탄식하게 한다. 전에 두기 최성대 선생이 지은 〈산유화곡〉 한 편에 그 일을 자세히 기록했으나 지금은 다시 그 일을 아는 자가 없어져 버렸다.

山有花, 本洛東里娘爲江上棄婦作. 今無其辭, 聲調猶傳. 每春時, 採山及種秧, 聞其曼聲, 鳴咽纏綿悽惻, 使人有墟落之感. 昔崔杜機先生著有山有花曲一篇, 詳述其事始, 今無復知之者.

낭군은 절영마[35] 올라타시고	郞騎絶影騧
여인은 산유화 부르는구나	妾歌山有花
흰 도포 가볍게 차려입고는	輕裝白布襦
낙동강가 집에서 태를 내시네	生態洛東家
분구에서 낙동강 내려가노니	溢口下洛東
보이는 것 차이가 없을 수 없네	所見不無差
강물은 검푸른 빛깔을 띠고	江流石黛色

---

35) 原註 : 절영이라는 섬은 동래 바다 가운데 있는데 이곳에서 좋은 말이 난다. [絶影島, 在東萊海中, 出良馬.]

단풍나무 삼보다 더 많았다네	楓樹多於麻
첫 소리에 마음이 어지럽더니	初聲亂心緒
절절한 개인사를 이야기하네	切切爲私語
가운데 소리는 망설이는 듯	中聲稍徘徊
억눌러 삼킴이 자연스럽다	掩抑自如許
초목도 온통 빛 머금었으니	草木潒含光
긴 포구 어디서 구슬퍼하리	長浦悵何所
끝소리는 울음으로 이어져가니	終聲繼以俀
강가엔 바람 일고 눈물 비오듯	雨淚風江渚
산위로 올라가 꽃잎을 따고	上山採花天
내려와선 논에서 모를 심누나	下山揷秧田
저 아래 강가 여자 부러워하니	羨伊下江女
검은 머리 나이는 가장 젊다네	鴉頭最少秊
남쪽 지방 저절로 곡을 잘 하니36)	南中自善哭
곡 잘 하면 신세가 가련해지지	善哭卽可憐
노래와 곡 본시는 한소리이니	歌哭本同聲

---

36) 『맹자』, 「告子」에 보면 화주, 기량의 처가 남편을 위해 곡을 잘 하여서 그 나라 풍속이 변했다는 말이 있다. 그것을 염두에 둔 표현이 아닌가 싶다. "昔者王豹處於淇, 而河西善謳; 吳駒處於高唐, 而齊右善歌; 華周·杞梁之妻善哭其夫, 而變國俗. 有諸內必形諸外. 爲其事而無其功者, 髡未嘗覩之也. 是故無賢者也, 有則髡必識之."

소리 들면 한숨을 내어 쉬는 듯	舉聲欻歔然

듣자니 그 옛날 호남 고을에	昔聞湖南邑
군역에 부름받은 병사 있었네	有卒應袴褶
그 아낙 이별할 일 생각하고는	其婦念別離
때려서 아이를 울렸다 하네	手拍兒嗚咽
지금에 와 가사는 잃었지만은	到今失其辭
탄식하며 우는 소린 남아 있다오	有聲如噯泣
여자 마음 근심이 많은 법이라[37]	女心有善懷
님 그리며 언제나 슬퍼했다네	懷之長悒悒

이학규(李學逵)[38], 『낙하생집(洛下生集)』 5책, 「인수옥집(因樹屋集)」

37) 善懷는 '근심을 잘 한다'로 풀었다. 『시경』, 「鄘風, 載馳」의 '陟彼阿丘, 言采其虻. 女子善懷, 亦各有行. 許人尤之, 衆穉且狂.'에 용례가 보인다.

38) 李學逵(1770, 영조46~1835, 헌종1): 대대로 인천 근교 소래산에 살던 조선 후기의 문인으로 본관은 平昌, 호는 洛下生이다. 아버지가 일찍 죽어 외가에서 자랐던 탓에 외할아버지 이용휴에게 배웠으며, 외삼촌 李家煥을 비롯하여 李森煥 등과 함께 살면서 星湖家門의 실학적 학문 분위기 속에서 성장하였다. 약관의 나이에 文學으로 명성을 얻어 정조의 인정을 받았으나 1801년(순조 1) 신유사옥 이후 綾州와 김해에서 유배생활을 하였다. 특히 이 기간동안 강진에 유배되어 있던 丁若鏞과 깊은 교류를 가졌는데 이 때의 영향으로 그의 문학은 표현이 사실적이고 내용 역시 현실적이다. 후손이 흩어진 관계로 그의 글은 낙질된 것이 많다. 남아 있는 것을 모아 1985년에 《낙하생전집》 3권을 영인, 발간한 것이 있다.

산유화 山有花

산유화는 본래 일선리의 부인 향랑의 원가이다. 향랑이 남편에게 버림받고 친정으로 돌아왔으나 부모는 계시지 않았다. 숙부가 그녀를 개가시키려 하자 울면서 안된다고 한 후 낙동강에 스스로 몸을 던졌다. 강 가 언덕에 야은 길재 선생의 충절을 기리는 지주중류비가 있었다. 향랑이 죽으려던 때에 봄나물 캐던 여인들을 지주비 아래에서 만났다. 향랑이 산유화곡을 짓고 여인들에게 그것을 부르게 했다. 노래를 마치자 물에 뛰어들어 죽었다. 지금 그 가사는 잃어버렸고 곡조만 전해진다. 영남에서는 매년 봄 산나물을 캐거나 모를 심을 때면 그 느리면서도 오열하는 듯 하고 길이 슬퍼하는 듯한 소리가 들려 사람으로 하여금 탄식하게 한다. 전에 두기 최성대 선생이 〈산유화녀가〉 한 편을 지어 그 일을 자세히 썼다. 그 뒤에 청천 신유한이 〈산유화곡〉 9편을 이어서 짓고는 스스로 한(漢)의 악부 9장 미무지원(蘼蕪之怨)에 필적할 만하다고 하였다.

山有花, 本一善里婦香娘怨歌. 香娘見絶於其夫, 還家, 父母不在. 其叔欲令改嫁, 則泣而道不可, 自沈於洛東江. 江上峻坂, 有吉先生表節砥柱中流碑. 娘之死, 與采春儕女, 相遇於碑下, 作山有花曲, 使儕女歌之, 歌竟赴水死. 今其詞已失, 聲調猶傳, 嶺外每春時采山及揷秧, 聞其曼聲嗚咽纏緜悽惻, 使人有墟落之感. 昔崔杜機先生著, 有山有花女歌一篇, 以詳述其事始. 其後申靑泉維翰, 繼作山有花曲九篇, 謂自幾於漢樂府九章蘼蕪之怨云.

메나리는 위로 둑에 피었고   山有花上江隖

지주비는 아래 강가에 있네	砥柱碑下江渚
걱정스레 조용히 나무하는 여인	愁愁惜惜采薪女[39]
길게 탄식하며 누구에게 말하나	長傷嗟向誰語
집으로 돌아가서 숙부 뵈어도	還歸家見猶父
아아! 맘 몰라주고 위협만 하네	噫不諒以威[40]
남자는 부인 얻어도 떨쳐갈 수 있지만	男有婦可決去
여자는 남편 있으면 다시 허락 못하네	女有夫不再許
남몰래 눈물 떨구며 문을 나서서	潛垂淚出門戶
봄 맘에 상하여 물가 향하네	傷春心向前浦
넓은 물을 보며 우두커니 있다	橫盤渦久延佇
절구공이 던지듯 가볍게 몸 던졌네	輕騰身若投杵
강 복판의 노래 여인이 준 것이요	江中歌女所與
일렁이는 물결 타고[41] 고달픔 불쌍히 여겨	馮龍鱗憫危苦
분홍 활옷 날리며 제물을 띄우는데	揚纁褵汎椒糈
따뜻하고 고운 이 어디 계시나	懷暖姝悵何所

---

39) 다른 줄의 글자수로 보아 6자로 이루어져야 하지만 원문에는 분명 이렇게 7자로
되어 있다.

40) 허경진은 『낙하생 이학규 시선』(평민사, 1998)에서 '噫不諒以威' 부분을 '噫不諒以
威缺'로 썼는데 어떤 것을 보고 그렇게 했는지 모르겠다. 『낙하생집』에 실린 「영남
악부」에는 분명 '噫不諒呂威'로 되어 있다. 글자수로 보아 한 글자가 더 있어야 하
는 것은 사실이나 원문에는 다른 표시가 없다.

41) 龍鱗은 물결이 일렁이는 모양을 가리키는 말이다. 郭璞의 〈江賦〉에 '溹㴠盪瀢,
龍鱗結絡'이라 하였고, 潘岳의 〈金谷集作詩〉에 '濫泉龍鱗瀾, 激波連珠揮'란 용
례가 보인다.

원앙새 짝을 지을 수 없고	鴛鴦鳥不可侶
강리초 먹을 수가 없다네	莊蘺草不可茹
도도히 흐르는 낙동강 가	魂澹澹洛東澔
메나리 꽃에 향랑의 혼 서려 있네	山有花歸來處

山有花

山有花本一善里婦香娘惡歌香娘見絶於其夫遷家父母不在其叔欲令改嫁則泣而道不可自沉於洛東江。上峻坂有吉先生表節砥柱中流碑娘之死與米春僑女相遇於碑下作山有花曲使僑女歌之歌竟赴水死。今其詞已失聲調猶傳領外每春時采山及挿秧春其叟聲鳴咽經縣使側使人有凄蒼之感昔崔杜機先生著有山有花女歌一篇曰詳述其事始其後申靑泉雄翰綽作山有花曲九篇謂自後於漢樂府九章蘿苡之悲云。

山有花上江隖砥柱碑下江渚悲二悟二米新女長傷嗟向誰論遷故家見猶父憶不諒呂感男有婦可浚去女有夫不再許潛垂淚出門戶傷春心向前浦橫塋渦久延佇輕騰身若攪枓江中歌女所哭馬龍鱗惜危若揚纊神泅椒糈橐暖姝悵何所鴛鴦鳥不可侶。莊蘺草不可茹。魂澹澹洛東澔。山有花故來處。

이학규, 『낙하생집』6권 중「영남악부(嶺南樂府)」

산유화 山有花

숙종 24년의 일이다. 선산 민가의 아낙 향랑은 남편이 죽은 후에 수절하였다.
부모가 그 뜻을 빼앗으려 하자 이 노래를 지어 슬퍼하며 낙동강에 몸을 던져
죽었다. 세상에 이 노래가 전하는데 지금의 메나리가 이것이다.
肅宗二十四年, 善山民婦香娘, 夫死守節, 父母欲奪志, 乃作此曲而哀之, 投
洛東江而死. 世傳其曲, 今之메너리.

낙동강 안개물결 깁보다 푸르른데	洛東烟水碧於紗
애 끊는 봄 노래로 물결 모래 밟는구나	腸斷春歌踏浪沙
곧은 아씨 붉은 눈물 떨어짐을 본다면	如見貞娥紅淚滴
온 산엔 바람이슬 핏자국 어린 꽃잎	滿山風露血斑花

최영년(崔永年)[42], 『해동죽지(海東竹枝)』중편, 「속악유희(俗樂遊戲)」

---

42) 崔永年(1856, 철종~1935): 경기도 광주에서 태어나 교육자 · 언론인 · 문인 등으
로 활동했다. 본관은 慶州, 자는 聖一, 호는 梅下山人이다. 신소설 〈秋月色〉의 작
가 瓚植의 아버지이기도 하다. 1897년 고향 광주에 時興學校를 설립하여 신교육에
앞장서기도 했으나, 帝國新聞을 주재하는 등 친일행각도 벌였다. 설화집 『實事叢
譚』(1918)과 악부시집 『海東竹枝』(1925)를 남겼다.

2. 서사성이 강한 운문

향랑요 薌娘謠

일선리 살던 여인 이름은 향랑	一善女子名薌娘
농가서 자랐어도 성품 단정해	生長農家性端良
어려서부터 항상 혼자 노닐며	少小嬉戲常獨遊
남자애들 곁에는 가지 않았네	行坐不近男兒傍
엄마는 일찍 죽고 계모 사나워	慈母早歿後母罵
괴롭히고 때리며 포악했어도	害娘箠楚恣暴狂
더욱 공손하며 안색을 변치 않았네	娘愈恭謹不見色
베 짜도 나물 캐도 늘 바구니 가득	紡絲拾菜常滿筐
열 일곱에 임씨에게 시집갔는데	十七嫁與林家兒
열 네 살 신랑도 좋지 않은 이	兒年十四亦不臧
어리석어 예의로 대함 모르고	愚騃不知禮相加
머리 잡고 때리며 옷도 찢었네	擢髮搯膚殘衣裳
어려서 그렇겠지 하였지만은	爲言稚兒無知識
장성해선 더욱더 사나워졌지	年長還又加悖妄

향랑을 미워하며 채찍을 드나   惡娘箠撻不去手
범도 찢을 기세 누가 말리랴   彪虎決裂誰敢向
불쌍히 여긴 시부모 친정 보내나   舅姑憐娘送娘家
보따리 갖고 들어가며 면목 없었네   荷衣入門無顔儀
계모가 마루 치며 야단치누나   母怒搥床大叱咤
"시집 보내줬더니 왜 돌아왔니   送女適人何歸爲
아! 네 성품이 바르지 못했으렷다   嗟汝性行必無良
부유해도 버려진 년 먹일 순 없다"   吾饒不畜棄歸兒
문 닫아 개나 소와 먹게 하여도   閉門相與犬馬食
늙은 아비 말리지 못하였다네   父老見制無奈何
짐 꾸려 딸을 외가로 보내니   爲裝送娘慈母家
외가선 불쌍하다 다들 혀를 찼네   母家悲憐迭戚嗟
"너는 농가 여자요   爲言汝是農家子
버림받은 터이니 다른 데 시집가라   見棄惟當去從他
사방 이웃 모두 네가 죄 없음 아니   四鄰皆知汝無罪
어찌 고운 얼굴로 그냥 늙으리"   胡乃虛老如花容
"그 말씀은 정말 옳지 않아요   娘言此言大不祥
저는 다만 외삼촌께 기대려 했죠   兒來只欲依舅公
한번 시집가면 남편을 바꿀 순 없네   女子有歸不更人
제가 이미 제 마음을 정했었으니   兒生已與謀兒衷
쫓겨났다 해도 모두 운명이지요   見逐秪緣數命奇
죽어도 몸을 더럽게 않을 거예요."   之死矢不汚兒躬

말을 해도 듣지 않자 화내시더니	數言不從終怒視
여자애 말이라 그저 넘겨 버렸지	且謂尋常兒女語
남편감 구해 택일하고 향랑 보내려	要人涓吉迎娘去
술 담고 고기 준비해 음식 차렸네	釀酒宰羊列品庶
문 앞엔 푸른 실로 꾸민 말을 매었고	門前繫馬靑絲勒
금 젓가락 한 쌍을 붉은 쟁반에 담았네	紅盤洗出雙金筯
향랑이 속으로 놀라 몰래 살펴보곤	娘心驚疑暗自覰
"외삼촌이 내 뜻을 뺏으려는구나	正是諸舅要奪余
아! 이리저리 떠도는 내 기박한 운명	嗟吾薄命等漂漂
여기 있다간 끝내 욕을 보겠구나"	在此終當受汚黷
몸을 빼내 시댁으로 돌아갔지만	跳身還向故夫家
남편의 사나움은 그대로였네	野心未化狂童且
시아버님 말씀, "내 아들이 무도하니	舅言吾兒大無行
네가 다시 온들 무슨 소용 있겠니	汝雖復來何所益
다른 좋은 사내를 따라가서는	不如從他美丈夫
춥고 배고파도 앉은 자리 편한 게 낫지	寒衣飢食安床席
내 아들이 이미 너와 연을 끊으니	吾兒已與汝相絶
네가 어디가든 다시 묻지 않으마"	不復問汝有所適
향랑은 울며 다시 노인에게 말하네	娘爲垂淚復公爺
"아버님의 오늘 말씀 뜻밖입니다	不意公今有此言
가난하여 못 배우고 내세울 행실 없어도	貧兒無敎又無行
다른 집으론 안 간다고 결심했어요	此心誓不登他門

저를 불쌍히 여겨 땅을 조금 주시면   幸公憐兒與隙土

움집에서 풀 먹으며 생을 마칠까 해요"   草食陶穴終吾身

의로운 말 처절했어도 허락지 않으며   義言悽愴不回頭

집안을 더럽히지 말라 경계했을 뿐   但戒母爲門戶塵

약한 몸이 어디서도 용납되지 못하여   弱質東西不見容

사방이 망막하여 갈 길 잃었네   四顧茫茫迷去津

욕됨을 참으면 내 의만 더럽혀 질 듯   忍詬但能汗吾義

시댁에 돌아온 게 잘못이었지   自裁還爲舅所惡

하늘 우러러 탄식하면서 가슴 치며 우니   仰天噓唏拊心啼

눈물43)은 비처럼 어지러이 쏟아지누나   玉筯亂落如飛雨

아비도 자식으로 대하잖고 남편도 그런데   父不我子夫不婦

돌아와 시부모님 노여움만 샀구나   再來還逢舅姑忤

삼종의 도44) 끊기고 인륜도 어그러져   三從道絶人理乖

어떻게 얼굴 들고 살 수 있으랴   有生何面寄寰寓

아아! 이 한 몸 돌아갈 곳 없는데   嗚呼一身無所歸

눈 앞 푸른 물결 변함없이 흐르니   面前滄波流萬古

차라리 깨끗한 몸으로 물에 뛰어들어   無寧潔身赴淸流

지하의 어머니께 슬픈 마음 말하리   下與阿孃悲懷吐

슬퍼하며 엉킨 머리로 강가로 가니   悲吟披髮下江干

---

43) 玉筯는 미인의 눈물을 비유해서 나타내는 말이다. 「梁武陵王紀, 閨妾寄征人詩」
의 '斂色金星聚, 縈悲玉筯痕'에 용례가 보이며 이 외에도 李白, 劉孝威의 글 등에
자주 용례가 보인다.

44) 유가에서 흔히 말하기를 '여자는 어려선 아비를 따르고 결혼해선 남편을 따르며 늙
어서는 아들을 따라야 한다'고 했다. 이것이 여자의 三從의 도이다.

서리맞은 잎 울고 갈대꽃은 시들시들　　　　霜葉鳴秋蘆花睡

강 머리에 나무하는 소녀 있어서　　　　　　江頭採薪小女兒

손잡고 와 물으니 열 두 살이네　　　　　　携來問名年十二

모래밭에 서 속 이야기 다하였다네　　　　　沙際兩立盡心語

"네 집은 다행히 우리집과 가깝구나　　　　　汝家幸與吾家邇

아! 나는 원통하게도 돌아갈 곳 없어서　　　嗟吾隱痛無所歸

목숨을 버려 푸른 물을 따라가련다　　　　　今將舍命隨淸水

내 죽음이 명백히 되지 못하여　　　　　　　但恐死去不明白

다른 뜻 있었다 할까 걱정했는데　　　　　　世人疑吾有他志

이제 널 만난 것은 하늘이 주신 것　　　　　而今遇汝眞天幸

너는 어려도 내 죽음을 말할 수 있지만　　　汝小能言吾死事

어려서 나 죽는 걸 막지는 못할 테니　　　　汝小不能止我死

내 진정 조용히 죽을 수 있겠다"　　　　　　使我從容就死地

머리 풀고 치마 벗어 다시 묶고는　　　　　解鬈襫裳更結束

집에 전해 달라 간절히 부탁했다네　　　　　說與慇懃傳致家

아버지는 늙으셔서 기력이 없으시니　　　　阿爺年老不能將

죽은 모습 차마 보이지 못하겠구나　　　　　死容何忍見阿爺

아버지 오셔도 시체 내지 않고서　　　　　　何爺雖來尸不出

황천에 가서 어머니나 만나리라　　　　　　只向泉臺從阿母

속마음 노래하며 기억케 했네　　　　　　　哀歌有懷兒記取

천지는 넓어도 깃들 곳 없구나　　　　　　　天地雖寬無所偶

"다음에 네가 와서 이 노랠 부를 때　　　　他日汝來歌此歌

강물에 파도 일면 나 인줄 알거라"	江水波起知我否
뛰어들려다 다시 멈춰 아이 보며 웃고는	欲投還止顧兒笑
"이미 죽기로 했으니 돌아볼 것 없건만	我已決死無所顧
그래도 물을 보니 두려운 맘 생기네	雖然見水有怖心
불쌍하다! 인생이 이 길을 겁내는구나"	可嗟人生懼此路
소매로 가리고 물에 몸을 날리자	於焉蒙袂勇身投
지는 해 아득해지고 물결은 용솟음치네	斜日蒼茫滄波怒
죽림사[45]가 이곳 가까이 있고	是處偏近竹林祠
강 위에 우뚝한 것 지주비라네	江上高碑名砥柱
길재가 그 때 수양산서 굶어 죽어	吉子當年餓首陽

야은 길재의 묘소 : 이곳에서 북서쪽으로 보면 향랑이 그 곁에서 물에 몸을 던졌다는 지주중류비가 희미하게 보인다. 구미시 오태동에 있다.

---

45) 죽림사는 야은 길재의 신위를 봉향한 사당이다. 향랑의 죽음을 길재의 교화와 연결 시키려는 의도가 엿보이는 부분이다.

한 없는 맑은 풍속 이곳에만 남았네	淸風萬古只此土
그럴 만한 곳에서 몸 버리니 기이하구나	捐身得地何其奇
향랑은 비천해도 의를 알아서	娘生卑微能知義
나무하는 아이가 아비에게 옷을 전하니	樵女傳衣送阿爺
열흘간 통곡하며 강을 뒤졌지	浹旬號哭循江湄
물결도 흐느끼고 강가 새도 우는데	層波嗚咽江鳥啼
강 위 헤매던 넋 알기나 했던지	江上招招魂有知
아비가 가고서야 시신이 떴는데	阿爺旣去尸載浮
여전히 홑적삼으로 얼굴 가린 채였네	單衫被面顔如故
사람들은 기이하다 말들을 했지만	世人嘖嘖說靈異
효열(孝烈)한 향랑은 하소연도 못했네	孝烈如娘終無訴
자랄 땐 포악한 계모, 시집가선 폭력 남편	生逢母囂歸夫凶
아! 누가 이런 경우 듣기나 했으랴	阿誰見聞能如是
옳은 행실 포악함을 변케도 하련만	至行端宜化暴愚
끝내 용납되지 못하고 죽음 당했네	終不見容而底死
의열한 사람은 대체로 가난하다 하지만	或言義烈大抵窮
궁해야 의열이 드러난다 나는 말하리	我謂窮後見烈義
하늘이 의열한 이로 후세를 교화하려	天生義烈風百世
생전을 못 기다려 혹시 와서 깃든 걸까	不待生前倘來寄
금오산 낙동강은 절의의 고장	烏山洛江節義藪
우뚝하고 높은 인물 역사에 이어졌네	卓犖高標聯史書
북쪽으로 사신 간 이 돌아오지 않았고46)	星軺北去不復迴

대밭 푸른 곳 다섯 버드나무 있던 터라네[47]　　竹田靑靑五柳墟

아직도 마을 여인들은 밤에 문을 꼭 닫고[48]　　尙令村嬌守夜閨

아래로는 소나 개까지 주인을 지킨다네[49]　　下與牛狗能衛主

---

46) 星軺는 먼 곳으로 가는 사신이 타는 수레를 말한다. 고려 말기의 충신 金澍(생몰년
　　미상)는 본관은 선산, 호는 籠巖이다. 1392년(공양왕4)에 명나라에 사신 갔다가 고
　　려가 망하고 조선이 개국되었다는 소식을 듣고 부인 유씨에게 "충신은 두 임금을
　　섬기지 않는다 하였으니 내가 강을 건너가면 몸둘 곳이 없소."라는 편지를 쓴 후
　　중국에서 돌아오지 않았다. 명나라 태조는 그를 禮部尙書로 임명하였으나 끝내 사
　　양하므로 평생동안 그에 해당하는 祿을 주었다. 『농암일고』 1책이 남아 있다. 『一
　　善志』에 그 내용이 보인다. 李學逵도 김농암의 이런 행적을 읊었다. 『영남악부』에
　　「金籠巖」이란 제목으로 실려 있다. 여기에서는 그의 본관이 선산인 것에 착안하여
　　이 구절을 넣은 듯 하다.

47) 고려가 망한 후 은거하던 길재의 생활을 불쌍히 여겨 조정에서 그에게 밭을 내렸
　　다. 길재는 이곳에 농사를 짓지 않고 대나무를 심어 자신의 뜻을 더욱 굳게 했다고
　　한다. 중국의 도연명은 시대의 부침과 함께 하지 않고 벼슬에서 물러나와 집에 다섯
　　그루의 버드나무를 심어 그 곳에서 생을 마쳤다. 이런 도연명의 행적과 길재의 행적
　　이 유사하다 하여 연결한 것이다.

48) 선산 지방에서 藥哥는 고려시대 열녀로 유명하다. 약가는 조을생의 아내였다. 남편
　　이 변방에 수자리살러 가자 약가는 고기를 먹지 않고 편안한 옷으로 잠자리에 들지
　　도 않았다. 부모가 개가시키려 해도 죽기를 각오하고 따르지 않았다. 결국 8년만에
　　남편이 돌아왔다. 남편이 돌아올 때는 밤이었다. 남편이 불렀으나 약가는 문을 닫고
　　열어 주지 않으면서, '밤중에 혼자 있으니 문을 열어줄 수는 없다' 했다. 결국 다음
　　날 아침이 되어서야 문을 열고 남편을 맞이하니 주위에서는 그가 예의를 안다고 칭
　　송하였다. 여기에서는 약가의 일화를 이용하여 이 구절을 쓴 것이다. 약가의 일은
　　『一善志』에 보인다.

49) 옛날 선산지방에 김기년이란 사람이 암소 한 마리를 길렀다. 어느 해 여름 이 소로
　　밭갈이를 하고 있을 때 호랑이가 뛰어 나와 소를 덮쳤다. 주인이 당황하여 소리를
　　지르며 갖고 있던 괭이로 마구 때리니 호랑이는 소를 두고 사람에게 덤벼들었다.
　　이때 소가 크게 우짖고 뿔로 호랑이와 싸워 물리치고 주인을 구하였다. 이 일이 있
　　은지 얼마 후 주인이 호랑이와의 싸움에서 얻은 상처로 죽자 소도 아무 것도 먹지

의우총(義牛塚):선산 길가에 있다. 『의열도』에 실린 내용을 대리석에 새겨 뒤에 세워 두었다.

바른 기운이 가득하여 없어지지 않으니	正氣磅礴也不死
이런 인물 나타나기 많고 적음 없다오	鍾生人物無豐窶
근래에도 성산의 두 어린 아가씨들	近聞星山兩小娘
손으로 무덤 파서 죽은 아비 원수 갚았네50)	隻手拔塚死報父

않다가 3일만에 죽었다. 마을 사람들이 소의 주인에 대한 충성을 기려 그 사실을 돌에 새겨 소의 무덤가에 세웠다. 또 선산의 동쪽 연향(현, 해평면 산양리)에 살던 김성원이 개 한 마리를 길렀다. 어느 날 그가 이웃 마을에 놀러 갔다가 말을 타고 돌아오는데 술에 취하여 말에서 떨어져 길에서 깊은 잠에 들었다. 그 때 근처에서 불이 나서 주인이 위험하게 되자 개는 낙동강 물을 온몸에 적셔 불을 끄고는 죽었다. 김성원은 술이 깨어 일어나서 개가 자기를 구하고 대신 죽었음을 알고 크게 감동하여 거두어 묻어주었다. 1745년 당시 선산부사 趙龜祥이 이 義牛, 義狗, 향랑의 일까지를 그림으로 그리고 글로 써서 『義烈圖』를 편찬했다. 이 의열도는 규장각과 국립중앙도서관에 소장되어 있다.

50) 숙종조에, 성수 지방의 선비 朴守華의 묘소를 힘있는 세력가가 빼앗아 버렸다. 이

이런 곳에 살지 않으면 또 어디 살리오　　　擇地焉不處此間

내 장차 혼자라도 들어가 농사지으며 살리라　　吾將匹馬營農圃

이광정(李光庭)[51], 『눌은집(訥隱集)』 1권

를 두고 싸우는 과정에서 수화가 죽자 그의 두 딸이 원수를 갚기 위해 노비들과 함께 달려가 세력가의 묘소를 파헤쳤다. 그 집안에서 이 때문에 효랑을 죽이자 어린 동생 문랑은 한양에 올라가 신문고를 울려 억울함을 호소하였다. 조정에서는 이 사건을 조사하여 결국 그 세력가를 징벌하고 효랑 부녀의 억울함을 풀어주었다. 이 이야기를 두고 남유용(1698~1773)이 〈효자 박씨전〉을, 安錫儆(1718~1774)이 〈朴孝娘傳〉을 남겼고 한글본 소설 〈박효랑전〉이 지어져 유행하기도 했다. 儒生 칠천 명이 상소하여 박효랑의 정려문을 세워 줄 것을 청하여 영조 2년에 이르러 정문을 세우는 등 전국적으로 선비들의 비상한 관심을 모은 소송이다.

51) 李光庭(1674, 현종15~1756, 영조32): 조선 후기의 隱逸士로, 본관은 原州, 자는 天祥, 호는 訥隱이다. 1696년(숙종 22) 진사가 되었고 이후 많은 이들의 천거를 받았으나 모두 거절하고 벼슬에는 나아가지 않았다. 영남 文苑의 모범으로 평가되며, 世敎를 떨쳤던 인물로 전해온다. 『눌은집』을 남겼다.

산유화곡 山有花曲

산유화곡은 일선군의 열부 향랑의 원가(怨歌)이다. 향랑이 남편에게 버림받아 친정으로 돌아왔으나 부모는 돌아가시고 계시지 않았다. 숙부가 그녀를 개가시키려 하자 울면서 안 된다고 말하고는 스스로 낙동강에 빠져 죽었다. 강 위 언덕에는 야은 길재 선생의 충절을 기리는 지주중류비가 있다. 향랑이 죽을 때에 봄나물을 캐러 가는 여자들과 비 아래에서 마주쳤다. 향랑은 〈산유화곡〉을 짓고 그녀들에게 그것을 부르게 한 후에 노래를 마치자 물에 뛰어들었다. 이것이 지금 강가 아이들이 즐겨 부르는 〈산유화〉인데 그 소리가 매우 처량하다. 그 뒤에 최성대가 그 일을 매우 자세하게 쓰고 〈산유화녀가〉를 지었는데 은미하고 아름다우며, 원망하면서도 성내지 않아 매우 고왔다. 내가 그 글을 보니 실제 나무하는 여자의 말을 빌어서 향랑의 생각을 서술한 것으로, 한나라 때 〈공작동남비〉와 서로 짝이 될 만 하였다. 향랑이 남긴 곡조는 다만 시골 아이들 사이에서 불려졌기 때문에 사람들이 이를 채집할 수 없었지만, 그 구절은 매우 슬펐다. 향랑은 본래 신분이 낮은 사람이기 때문에 글을 깨우치지 못한지라 이 노래를 지음에 다만 여항의 노랫가락을 따라 단정하고 굳세며 정밀한 천성을 폈으니 내가 또 이를 슬퍼한다. 마침내 다시 그 뜻을 써서 그 노래를 글로 지으니, 내가 생각하기에 한나라 악부 9장 '미무지원(蘼蕪之怨)'과 가깝다 하겠다. 〈산유화〉 9장이라 하는 것이 바로 이 노래이다. 감히 옛날에 부합한다고 말할 수는 없으나 훗날 강남에서 여항의 노래를 채집하는 자가 장차 또한 향랑의 원가도 있음을 얻어 위에 아뢸 것이다.

山有花曲者, 一善烈婦香娘之怨歌也. 香娘見絶於其夫還家, 而父母不在, 其

叔欲令改嫁, 則泣而道不可, 自沈於洛東江. 江上峻坂, 有吉先生表節砥柱
中流碑. 娘之死也, 與采春儕女, 相遇於碑下, 作山有花曲, 使春女歌之,
歌竟而赴水. 卽今江畔兒慣唱山有花, 聲甚悽惋. 其後漢京崔君士集記其
事精甚, 爲作山有花女歌, 宛轉麗都, 怨而不怒, 陽陽乎美矣. 余覲其辭, 實
籍采薪女口語, 以叙香娘之思, 與漢孔雀東南飛行相表裡. 而香娘遺曲, 但
在郊童齒頰間, 人不得采, 其章句甚慨也. 娘素賤不解文藻, 其爲此曲, 只
因巷俚之嘔啞, 而發其端莊專精之天, 余又悲之. 遂復用其意, 而文其辭,
竊自幾於漢樂府九章蘼蕪之怨, 而爲山有花九歌, 是曲也. 不敢曰有合於
古, 而後之采風於江南者, 將亦有以香娘怨曲, 得而陳之矣.

一

동글동글 목란꽃	童童木蘭花
남산 땅에 있네	亦在南山土
남산은 끝없이 높기만 하니	南山高無極
참새가 어찌 넘어 가리오	黃雀那得度
십리마다 한번씩 서성거리고	十里一徘徊
오리에 한번씩 돌아본다네52)	五里一反顧

---

52) 序에서 밝히고 있는 대로 작자는 향랑의 일이 한나라의 악부 〈공작동남비〉의 경우
와 비슷하다고 생각하였다. 漢 말엽 盧江府의 말단 관리 焦仲卿과 그의 아내 劉蘭
芝는 서로 매우 사랑했다. 그러나 시어머니가 며느리를 계속 구박하다가 친정으로
쫓아 내어 버리고 아들 초중경을 다른 여자와 혼인시키려 한다. 쫓겨난 며느리 유난
지 역시 친정 어머니와 오빠로부터 재혼 압박을 받는다. 두 사람은 서로 상대에 대
한 군은 사랑을 맹세하며 각기 목숨을 끊었다. 이들의 일을 바탕으로 쓴 작품이 〈공
작동남비〉이다. 이 작품은 '孔雀東南飛, 五里一徘徊'로 시작한다. 시인은 이것을
가져와서 시구로 활용했다.

뜬구름 유유히 흘러가더니   浮雲行冉冉

이에 이르러 서산에 해 지네   迫此西山暮

님과 이별했음을 생각하노니   念與君離別

눈물이 비처럼 쏟아지누나   泣涕零如雨

고향엔 살 수가 없어   故鄕不可處

좋은 경치 볼 수도 없네   良景不可覩

못 믿을 숙부님 말씀   無信叔伯言

네가 미쳐 일을 그르쳤구나   女實狂而誤

높이 올라 멀리 바라다보니   登高以遠望

푸드득 꿩만이 날개를 치네   蕭蕭雉振羽

장끼 울며 까투리를 따라가는데   雉鳴從其雌

사람 맘은 옛날과 같지 않구나   人心不如故

二

산엔 당아욱 무성하고   歷歷山有蔟

언덕엔 구기자 매달렸구나   離離阪有枸

나무하는 여인 많기도 한데   祁祁析薪女

시름겨운 부인은 담담하구나   澹澹愁思婦

굽은 언덕 모여서 오고가는데   交交集卷阿

걷어올린 양 소매 깨끗하구나   濯濯褰兩袖

비단 옷 속 사람 마음 알지 못하니   不知羅縠裡

원앙금침 누굴 위해 있단 말인가   鴛鴦爲誰有

돌아보면 경물은 좋기만 한데	眄睞物亦好
버림받은 사람은 너무 추하네	棄捐人已醜
길게 탄식하고 이곳을 떠나가노니	長歎舍此去
다시 수놓은 무늬옷 입지 않으리	勿復衣文繡
그대 다만 저 풀과 나무를 보소	君但視草木
세월 가면 시들고 썩는 건 똑같다오	逝者同衰朽

三

당아욱 꽃 어찌 저리 가지런하고	茷花何歷歷
구기자 잎 어이 저리 드리웠는가	枸葉何離離
곱게 꾸며 어디로 가려하는가	采采欲何往
봄 여인은 노래하며 돌아간다네	春女歌而歸
나도 그 꽃 떨기 주워 가지고	吾欲掇其英
님께 드려 행여 날 생각했으면	贈君幸相思
그 누가 아내가 멀다 했던가	誰謂室家遠
우두커니 서서는 바라본다네	佇立以望之
그대 나를 돌아보지 아니하시니	君亮不我顧
천첩은 돌아갈 기약 없네요	賤妾歸無期
흰 이슬 떨어짐이 안타깝다며	傷彼白露零
꽃다운 나뭇가지 소홀하시네	忽此芳樹枝
잠 못 들어 뒤척이다 배회하노니	寤寐卽徘徊
중간 노래 참으로 구슬프도다	中曲正傷悲

四

서북에서 외론 구름 피어나오고	西北出孤雲
계수나무 푸른 숲 무성하구나	莫莫蒼桂林
위에는 혼자 사는 새가 있어서	上有特棲鳥
슬픈 소리 하늘 향해 울부짖는다	哀聲向天吟
누가 네게 원망이 없다 하리오	誰謂而無怨
듣는 이들 눈물을 흘리는 것을	聽者涕零淫
듣는 이의 괴로움 아깝잖아도	不惜聽者苦
알아주는 사람 없음 한스럽구나	但恨無知音
외론 구름 홀연히 돌아가더니	孤雲忽自歸
저물녘 계수나무 어두워지네	蒼桂夕以陰
내 눈물 누굴 위해 흘리는 걸까	我淚爲誰盈
근심 겨워 속으로 맘만 태우네	魘迫內傷心

五

동릉은 어찌 이리 아름다운지	東陵一何麗
깨끗한 집 우리 님 사는 집일세	窈窕卽君家
부부 침실 창에는 가지 얽혔고	交柯合歡窓
네 모퉁이 부용꽃이 만발했다네	四角芙蓉花
우리 님 비단 신 비단 옷 입고	君持繡納襏
옥으로 된 귀가리개 더하셨다네[53]	尙之以瓊華

53) 경화는 귀막이옥을 말한다. 『시경』, 「齊風, 著」에 '俟我於著乎而, 充耳以素乎而,

동문에서 수양버들 가지를 꺾어	折楊於東門
잠시54) 삼을 물에 담그셨었네55)	薄言漚其麻
손 잡은 지 얼마도 되지 않아서	携手不須臾
버리시면 장차 이를 어이할거나	棄捐將奈何
남들은 낭군이 늠름도 하고	人言士也夸
새 여인은 봄에 핀 꽃과 같다네	新女若春葩
새 여인 흰 비단옷 입고 있는데	新人服齊紈
옛 사람은 허름한 옷 입고 있네요	故人着吳紗
입은 옷 좋고 나쁜 구별 있으니	紗紈有厚薄
님이여 참으로 옳지 않도다	士也良不夸

六

고향 산 뜬구름인 듯 아득해	故山屬浮雲
누각은 백여 자 높이 솟았네	高閣百餘尺
부모가 이 내 몸 기르실 적엔	父母養少女
앉을 땐 난초방석 사용하셨지	坐用荃蘭席
시집간 딸 도중에 돌아온 것은	嫁女中道歸

尙之以瓊華乎而'라는 구절이 있는데 이 구절을 그대로 사용한 것이다.

54) 원문의 薄言을 '잠시'로 풀었다. 『시경』, 「周南, 苤苢」 등 여러 곳에 용례가 보인다.
55) 이 두 구절은 『시경』의 두 시에서 끌어다 변용시킨 것이다. 『시경』, 「陳風, 東門之池」에 '東門之池, 可以漚麻. 彼美淑姬, 可與晤歌'라는 구절이 있고, 「陳風, 東門之楊」에 '東門之楊, 其葉牂牂. 昏以爲期, 明星煌煌'라는 구절이 있다. 주자의 주에 의하면, 전자는 남녀가 만난 곳에서 함께 하는 말이고, 후자는 남녀가 동문에서 만나기로 하였는데 약속을 저버리고 이르지 않은 것을 노래한 것이다.

죽어 이별 나쁜 것만 같지 않도다　　　　不如死別惡

새벽바람 대숲을 울며 지나니　　　　　晨風鳴竹林

외론 고니 시름겨워 창백하구나　　　　獨鵠愁無色

친척도 꾸짖어 나를 비웃고　　　　　　親戚咥其笑

다른 사람 떠나가 상대 않는다　　　　它人逝莫屬

손 잡아 줄 사람 어떤 이인가　　　　　執手者何人

말하는 바 차마 읽을 수 없네　　　　　所言不可讀

하늘 땅 한결같이 저리 넓은데　　　　天地一何廣

돌아보아 어디로 간단 말인가　　　　眄睞將安適

정 따라 복사꽃 오얏꽃 보니　　　　　馳情視桃李

화당 곁에 다소곳 피어있구나　　　　乃在華堂側

복사꽃은 지금 한창 환히 빛나고　　　桃花正煌煌

오얏나무는 좁은 길에 심어져 있네　　李樹夾路植

나무도 편안히 쉴 곳 있는데　　　　　樹木且安所

사람은 제 몸 둘 집이 없구나　　　　人生無故宅

七

높은 산에서 목부용 캐고　　　　　　高山采芙蓉

맑은 물에서 벽려초 씻네　　　　　　清水監薜荔

벽려초로 띠 두룰 수 없고　　　　　薜荔不可帶

목부용으론 옷 만들 수 없네　　　　芙蓉不可製

누굴 위해 홀로 시름겨운가　　　　誰爲獨愁苦

종일토록 공연히 눈물 닦는다 　　　　竟日空掩涕

단장함을 게을리 하잖았어도 　　　　少小不解粧

요염하다 말듣는 건 부끄러웠지 　　　　羞人道儂麗

시집올 때 가져온 둥근 거울로 　　　　盤盤嫁時鏡

그대 위해 쪽진 머리 바르게 했네 　　　　爲君整實髻

내게 백년의 고통 겪게 하면서 　　　　我命百年惡

그대 마음 하루아침에 어그러졌네 　　　　君心一朝戾

고운 얼굴 어느 틈에 늙어버렸고 　　　　素面豈暇老

비단 소매 끝 갑자기 해어졌구나 　　　　羅袖末暫弊

알지 못하겠구나, 새 여인은 　　　　不識新女娘

무엇으로 남편을 즐겁게 할지 　　　　以何娛夫壻

八

산꽃은 날마다 피어나리니 　　　　山花日以開

봄 여인은 한가하고 편안하여라 　　　　春女閑且佚

머리엔 금 공작 장식을 하고 　　　　頭上金雀叙

허리엔 푸른 실 질끈 동였네 　　　　帶下靑絲結

만나선 길게 노래하면서 　　　　邂逅卽長歌

아주 좋은 금팔찌를 네게 주누나 　　　　詒爾良金玦

저 어여쁜 여인을 사절하소서 　　　　請謝彼姝子

고운 얼굴 다시금 얼마나 가리 　　　　朱顔復幾日

사람이 하늘 땅 사이에 살며 　　　　人生天地間

고락의 길 한가지만 있지 않나니   苦樂道非一

첩의 노래 원망을 머금은 것은   所以妾歌怨

옷자락에 딴 꽃이 안 차서일세   采花不盈襜

九

내 이 노래 마치려는데   吾欲竟此曲

이 노래 사람 마음 아프게 하네   此曲令人傷

저물녘 쓸쓸한 바람이 일고   凄風日暮興

높은 곡조 맑은 소리 울려내누나   高調厲淸商

산꽃이 갑자기 다시금 지고   山花忽復零

접동새 내 곁에서 울음을 우네   鶗鴂鳴我旁

으실으실 이 무슨 기운이길래   聊慄此何氣

한숨 지으며 방황 하누나   太息以彷徨

성 남쪽 언덕을 바라다 보니   但見郭南岡

옛 무덤에 하얀 버들이 났네   古墳生白楊

저 열녀 약가라는 여인이   言是藥哥女

죽어서 향긋한 봄풀 됐구나[56]   死作春草香

사람의 삶에 만남의 기약 있는데   人生會有期

어디가 참된 고향일런지   何者是眞鄕

오늘이 절로 옛날 되는데   今日自爲昔

---

56) 약가는 선산에 살았던 열녀의 이름이다. 그녀가 죽었을 때 그의 무덤에서 흰 버드
나무가 자랐다 한다. 약가에 관한 자세한 사항은 각주 48번 참조 바람.

옛날이 어찌 같을 수 있나   昔日安可常

버려 두고 다시 말하지 마소   棄置勿復道

그대 오늘 마지막 노래 들었네   君今聽卒章

신유한(申維翰), 『청천집(青泉集)』2권

박열부행 朴烈婦行

뜬구름 서북에서 일어나고	浮雲西北起
기러기 동남으로 울며 나네	哀鴈東南翔
슬픈 바람 사면서 이니	悲風四面至
이 때 마음 절로 상했네	此時心自傷
깊은 아픔 누구에게 말하랴	深痛向誰說
강물만 동으로 길게 흐르네	江水東流長
우연히 나무하는 여인 만났네	忽逢一樵女
나는 이 마을에 사는데	自言居吾鄉
내 너와 말하고 싶다	吾欲與汝言
말하려니 마음이 아득해지네	欲語心茫茫
진실로 이 세상에는	固知天地間
온갖 특별한 일이 많지만	萬事多非常
어찌 나와 같은 사람 있으랴	豈有如妾者
통곡하니 창자가 조여 오는 듯	嗚咽迫中腸
나는 본래 박씨의 딸로	妾本朴氏女
이름은 상랑이라네	妾名爲尙娘
아프면 늘 아비 부르며	疾痛每呼父
밤낮으로 곁을 안 떠났었지	日夜不離旁

열 살에 베 짜기 시작하였고	十歲始織布
열 셋에 치마를 만들었다네	十三學裁裳
농촌에선 농삿일이 근본인지라	田家本力農
해마다 풍년들기 바랐었다오	歲歲望豐穰
아버지께서 밭을 갈려 하시면	父欲使耕田
날씨에 상하실까 염려했었고	恐妾傷風霜
집안 일들을 처리하시면	父欲使治家
합당하게 못할까 조심했다네	恐妾不足當
후모(後母)를 얻으시라 권했던 것은	妾勸得後母
늙으신 아버지를 위해서였네	稍爲老父光
속으로 어찌 기쁘지 않았으리오	中心豈不悅
옛날을 생각하니 더욱 슬프네	思古益凄愴
아아, 이 몸의 고달픔이여!	嗟呼此身苦
날마다 술지게미 먹었었으나	並日食糟糠
그것조차 어찌해 부족했던지	糟糠豈不足
집은 가난하여 식량 없었지	家貧無稻粱
누가 후모(後母)가 어렵다 했나	誰謂後母難
우리 어머니 성품은 매우 좋았네	吾母性最良
추운 겨울을 당했을 때에	但其當嚴冬
얼음 같은 방에서 혼자 잤지만	獨宿氷雪房
늙은 아비 나를 매우 사랑하셨네	老父愛妾甚
이웃 마을에서 사위를 구하신다며	求婿於隣鄕

십여 일간 출입을 하셨지만은	出入十餘日
어디에서 구하는지 알지 못했네	不知求何方
어느 아침 갑자기 하시는 말씀	一朝忽來道
오늘 내 신랑을 얻었다시네	今日得吾郎
이씨 집 둘째 아들인데	李家第二子
큰 키에 복 받을 얼굴이라네	長身更福相
주위에서 혼사를 준비한다고	左右圖婚事
동서로 바삐들 움직이더니	東西或紛遑
어느덧 정한 날이 되어서	忽然定日到
어지러이 치장을 곱게 했었지	狼藉致紅粧
이웃에서 사람들 떼로 몰려와	隣人相與聚
담장이 무너지도록 구경하였지	來觀滿頹牆
열 여섯에 남의 아내가 되어	十六爲人妻
잘 하지 못할까 걱정했었네	恐懼心不揚
사흘째에 부모를 하직하고는	三日辭父母
남편 따라 시부모께 인사드렸네	從夫謁姑嫜
시집온 지 백 여 일이 되도록	新婚百餘日
남편과 한 자리에 눕지 못했지	一不與同牀
한 침상 쓰는 건 바라도 않고	同牀非所願
온갖 고생스러운 일만 많았네	多有辛苦狀
남편이 어려서라 여겼었으나	夫或年少故
일마다 어찌 그리 포악했던가	每事何太狂

입술을 뒤집으며 버럭 화내고	反脣肆怒罵
아버지 어머니를 욕도 하였네	醜辱及爺孃
걸핏하면 몽둥이로 나를 때리니	往往大杖擊
몸의 고통 감당키 어려웠었네	身痛實難當
내 몸은 중하지 않다 하여도	妾身雖不重
사람의 도리를 상할까 하여	恐或傷人綱
방에 들어 부모님께 고하였다네	上堂告舅姑
삼 년 동안 탈없이 모셨었으나	三年侍無恙
오늘 시부모님과 작별을 하고	今日辭舅姑
돌아가려니 가슴 답답합니다	欲去意懍悗
시부모님께서는 크게 놀라서	舅姑大驚問
무슨 일로 이러느냐 물으시더군	何事此悤忙
얼굴을 가다듬어 말씀드리니	雍容前致辭
나에게 망령되다 아니하심은	舅姑勿我妄
본래 이런 행동 아셨음이라	本知有此行
이 행동 갑자기 어쩔 게 아니니	此行非蒼皇
잠시 친정으로 돌아가 있다	暫歸少婦家
남편이 장성하길 기다리거라	且待夫年壯
문을 나서 전에 오던 길에 오르니	出門登前途
절로 마음만 슬퍼졌다네	自然心怊悵
해질녘 친정 문에 들어섰더니	落日入家門
부모님 나를 보고 놀라시더군	父母見之驚

어머니 큰 소리로 하시는 말씀	阿母大聲言
"이게 대체 무슨 짓이냐	何以作此行
좋은 집안에 너를 보내었건만	送汝好舅家
마음과 정성을 다하지 않고	不得致心誠
네 진정 시부모를 원망하고	汝言怨舅姑
네 마음 속으로 불평했구나	汝心何不平
네 아비는 입고 나갈 바지가 없고	汝父出無袴
동생은 집에서 입을 치마도 없는데	汝姊居無裳
너까지 와서 근심 끼치는구나	汝來復遺憂
내 어찌 너를 한없이 먹여주랴	吾何百年養
교만을 버리고 남편을 섬겼으면	驕已而事夫
남편이 너를 사랑했을 텐데	夫肯相愛親
네가 만약 쫓겨났다면	汝若被驅逐
어찌 다른 사람을 맞지 않으리	何不迎他人
어느 곳에 간들 남자 없으랴	何處無男子
남자가 동쪽 이웃에 살기만 하면	男子足東隣
너는 가난한 집 아낙네이니	汝是貧家女
어떻게 너의 몸을 지키겠느냐"	何可守其身
내가 어찌 잘못이 있었으랴만	妾豈有愆尤
천명(天命)은 헤아릴 순 없는 것이네	天命不可量
하물며 어머니도 이와 같은데	阿母尙如此
포악한 남편에겐 무얼 바라랴	狂夫更何望

아버지께 절하고 문을 나서니	拜父出門去
산천도 괜히 슬픈 기색이었네	山川空悲凉
슬퍼하며 한참동안 헤매이다가	愴然久踟躕
날 저무니 다시금 어디로 가랴	日暮更何之
물에 빠져 죽는 건 두렵잖아도	沉江不足畏
남들이 의심할까 저어되었네	只恐人心疑
의심하면 밝히기 어려울 텐데	疑卽難暴白
내 종적 어느 누가 알까 했더니	蹤迹更誰知
하늘이 응하여 너를 보내서	天應送汝來
너를 나와 만나게 했다	與汝忽相逢
말하려니 계속해서 목이 메이고	欲語再三咽
슬픈 한 가슴에 쌓이는구나	悲恨塡心胸
부부간에는 대의(大義)가 있어	夫婦有大義
가볍게 무시할 수 없는 것인데	不可以輕忽
남편은 어찌 나를 박대하시나	夫豈向妾薄
금년이면 이제는 열 일곱인데	今年纔十七
그 나이면 부족한 것도 아니지	十七非不足
궁벽한 시골에서 배운 것 없고	窮鄕無學術
타고난 성정이 칠칠치 못해	性情本放蕩
일 처리를 잘못 한 것 많았네	處事多所失
슬픈 맘 다 말하기 어려운지라	怨懷難說盡
글썽이며 지는 해 바라보다가	舍淚望西日

너를 만나 대략 이야기하니 　　　　逢汝略相告

이는 족히 스러지지 않을 것일세 　　此足以不滅

옛날에는 연결된 가지 있었고 　　　前有連理枝

쌍으로 날갯짓한 새도 있었지 　　　後有雙飛雀

미물도 각기 서로 의지하는데 　　　微物各相依

내 몸은 의탁할 곳이 없구나 　　　妾身則無託

너도 초가(樵歌)를 부를 줄 아니 　　汝亦能樵歌

내 노래 한 곡조 들어주게나 　　　聽妾歌一曲

하늘은 어찌 이리 아득하여서 　　　皇天何茫茫

내게만 섭하게 하시는 걸까 　　　　於妾獨無惜

이 한 곡조 능히 기억할 테니 　　　一曲汝能記

이 강가에서 노래 부르면 　　　　傳歌此江邊

혼이나마 네가 온 것을 알고 　　　魂亦知汝來

큰 물결 일면서 돌개치리라 　　　波濤却回旋

내 남편 집에 말을 전하여 　　　　傳言妾夫家

시신을 푸른 물서 찾으라 하렴 　　求妾碧波浪

내 몸의 죄가 너무나 커서 　　　　妾身罪惡大

한번 죽어 갚을 수 없겠지마는 　　一死不足償

이 한두 마디 말을 전해 준다면 　　且傳一二語

죽은 후에라도 잊지 않으마 　　　死後不相忘

얼굴 가려 물 속으로 뛰어들어서 　掩面投水死

영영 물고기 밥 되어버렸다 　　　永爲魚腹藏

나무하는 아이가 슬퍼하면서	樵女含悲歸
박씨에게 이 소식 전하였다네	傳之於朴氏
고을 원님이 소식을 듣고	牧使得聞之
탄식하며 그 뜻을 가상히 여겨	嗟歎嘉厥志
급히 조정에 글을 올리니	飛狀奏天闕
마을에 정려를 하라 하셨네	旌閭表其里
지금도 열녀의 묘 남아 있어서	至今烈婦墓
지나가는 사람도 슬퍼한다네	過者亦傷心
그 뒤로 보이는 것 무엇이런가	其上何所見
소나무 잣나무 숲일 뿐이네	唯有松栢林
쓸쓸하고 슬픈 바람이 일고	蕭瑟悲風起
적막한 중 산새만 슬피 울도다	寂寞哀鳥吟
종이에 이 글을 써서 읊자니	臨紙詠斯章
나도 몰래 흐른 눈물 옷깃 적시네	不覺淚沾襟

최수철(崔守哲)[57], 『청냉자유고(淸冷子遺稿)』(규장각 소장)

[57) 崔守哲(1683, 숙종9~1712, 숙종38): 조선후기의 문인으로 본관은 全州이며 자는 伯機, 호는 淸冷子이다. 저서로 『淸冷子遺稿』를 남겼다.

산유화녀가 山有花女歌

지주비 아래서 나무하는 여인	砥柱採薪女
〈산유화〉 슬픈 노래 부르네	哀歌山有花
향랑의 얼굴은 모르지마는	不識女娘面
부르던 노래는 남아 있구나	猶唱女娘歌
저는 낙동강 가에 살고 있는데	儂是落同女
향랑의 집이 있던 곳이랍니다	落同是娘家
향랑에겐 다른 자매 많았었는데	娘有羣姊妹
부모가 유독 향랑 사랑했어요	父母最娘憐
어려선 집안 깊은 곳에서 기르며	少小養深屋
문밖에 나가 놀지 못하게 했죠	不敎出門前
여덟 살에 밝은 거울 빛났고	八歲照明鏡
눈썹은 버들처럼 짙푸렀지요	雙眉柳葉綠
열 살 봄엔 뽕나무 잎을 땄었고	十歲摘春桑
열 다섯엔 베를 짤 줄 알았답니다	十五已能織
부모가 늘 자랑삼아 말을 했지요	父母每誇道
"우리 딸은 얼굴이 예쁘니	阿女顔色好
어진 신랑에게 시집보내서	願嫁賢夫婿
한 동네서 해로하는 것을 봐야지"	同閈見偕老

부모 곁을 떠날 것을 걱정했을 뿐	常恐別親去
남의 아내 되는 고통 몰랐답니다	不解婦人苦
열 일곱에 비단 치마 입고서	十七着繡裳
매미 같이 짙은 머리 곱게 빗었죠[58]	蟬鬢加意掃
매파가 와서 전한 기쁜 소식은	有媒來報喜
"꽃같이 미끈한 잘 생긴 남자요	善男顔花似
바지 위에 수놓은 배자를 입고	袴上繡裲襠
발에는 채색 신발 신었답니다	足下絲文履
하는 말이 재물은 아끼지 않고	自言不惜財
어질고 예쁜 여자 원한답디다	但願女賢美
소와 양이 골짝에 가득하고요	牛羊滿谷口
비단이 상자 가득 빛나더이다"	綾錦光篋裏
아비가 어미 불러 의논하여서	阿父喚母語
날 잡아 혼인하자 결정했지요	涓吉要嫁女
등잔에 불 밝히고 겹치마 입혀	金鐙雙袂裙
꾸며서 좋은 말에 태워 보내니	裝送上駿馬
이웃에서 부모님께 축하했대요	隣里賀爺孃
따님이 좋은 집에 시집간다고	阿女得好嫁
산꽃을 다릿머리 장식에 꽂고	山花揷鬢髻
들풀을 비녀고리에 꽂았었지요	野葉雜釵鐶

---

58) 白居易의 〈婦人苦〉에 '蟬鬢加意梳, 蛾眉用心掃'라는 구절이 있다. 두 줄 위에 '婦人苦'라는 단어를 먼저 말하고 이 시 중 한 구절을 끌어와 표현한 것이다.

마루에 올라 두 잔 술을 올리니	升堂捧雙盃
절 받고 시부모님 기뻐했다네	受拜翁姥歡
새벽이면 꽃이 하늘 가득하였고	曉起花滿天
잠들 때면 침상 가득 꽃이었다네	夜宿花滿床
손에 항상 수북이 실을 잡고서	茸茸手中線
낭군 위해 의복을 만들었지요	爲君裁衣裳
여느 다른 방탕한 여인들처럼	羞學蕩女兒
요염함을 드러냄 싫어하여서	發豔照里闆
남들이 들에 놀러갈 때도	人言冶遊樂
향랑은 집에서 베를 짰으며	儂織在家居
동문에선 맛있는 나물을 캤고	東門有旨鶪
북쪽의 서낭당선 고사리 캤네	北墰有綠蕨
삼 년 동안 금슬도 좋았었고요	三年靜琴瑟
남편 섬김 소홀한 적 없었답니다	事主未曾失
어찌 생각이나 했었으리오	豈意分明別
은정(恩情)이 중간에 끊어질 것을	恩情中途絶
베 짜다 늦어도 의심을 했고	織罷故嫌遲
단장해도 예쁘지 않다 하더니	粧成不言好
악처는 오래 둘 수 없다 하면서	惡婦難久留
일찍 돌아가라 하였답니다	語妾歸去早
슬픔 머금은 채 휘장을 걷고	含悲卷帷幔
통곡하며 길을 나섰답니다	痛哭出畿道

봄 산은 예전의 모습과 달라	春山異前色
무성한 풀잎에 눈물 뿌렸네	淚葉蕪蘼草
남편의 뜻을 받들어	願將奉君意
잠시 친정에 있자 했으나	爲君暫鞠于
상형곡 마을59)에서 들리는 소문	傳聞上荊村
남편에게 다른 부인 있다 했다네	有婦已從夫
수레 몰고 가자니 저물까해서	驅車畏日暮
소매로 눈물닦아 고개 돌렸네	反袂猶回顧
지난해에 어머니는 돌아가셨고	去歲阿母死
집에는 의붓어미 계시었어요	高堂有晚孃
붉은 대추 주렁주렁 달렸지마는	纍纍棗下實
배고픈 향랑은 맛도 못 봤네	女飢不得嘗
삼촌이 향랑에게 말씀하셨죠	阿叔語香娘
"애야, 슬퍼하며 울지를 마라	阿女勿悲啼
누런 언덕 가득한 칡덩굴들은	濛濛黃臺葛
서편 언덕 쪽으로도 뻗어간단다"	亦蔓黃臺西
향랑이 삼촌께 대답했지요	香娘語阿叔
"제 몸을 더럽힐 수는 없어요	妾身不可辱
푸르디푸른 물 속 난초는	靑靑水中蘭

---

59) 향랑은 한 마을에 살던 사람과 혼인했는데, 그들이 살던 마을은 上荊里였다. 지금 이 마을은 행정 구역상 구미시에 속해 있는데, 아직도 그 지명을 그대로 사용하여 형곡동이라 부른다. 이 곳에 향랑의 묘가 남아 있다.

잎이 져도 속은 여전히 향기롭지요"	葉死心猶馥
하늘과 땅은 높고 넓건만	天地高且廣
나는 어디로 가야 하는가	道儂那所適
약가(藥哥) 아가씨 방정하여라[60]	介彼藥娘正
죽어 옛 모범 따르려하여	逝將依古側
몰래 강둑으로 달려갔더니	潛行到陂口
낙동강 물은 푸르기만 해	落同江水碧
여러 명의 여자 아이들에게	祁祁衆女兒
조용히 함께 가자 말을 했다네	薄言同我卽
높은 산에 당아욱 피어 있는데	高山有蕟花
저 꽃을 꺾어다 어디서 쉬나	探彼將安息
슬픈 노래 한 곡을 불러주더니	遂傳哀怨歌
이 노래 이름이 〈산유화〉라네	云是山花曲
슬픈 노래 아직 다 못 불렀는데	哀歌唱未終
옛 못에 물결이 높게 일더니	古淵波浪深
넋은 흰 무지개 기를 따르고	靈隨白霓旗
혼은 푸른 수초에 서려 있구나	魂掩靑荇襟
강 밑까지 보이도록 물 빼지 마라	無使水見底
모래 속에 묻힌 모습 뵈면 어쩌니	恐畏懷沙沉
사람들 이 소식 듣고 울었지	鄕里聞之泣
노래 끝나 모두 슬퍼하누나	歌竟皆悽惻

---

60) 약가의 행적에 관해서는 앞의 각주 48번을 참조 바람.

밝은 달은 남긴 패물 비추이는데	明月照遺珮
푸른 비녀 금장식은 묻혀 버렸네	翠鈿埋金餙
해마다 향랑이 섰던 이 둑에서는	年年女娘堤
산꽃이 봄마다 피었다 지네	山花春自落
앵도는 향랑의 보조개인 듯	野棠學寶靨
둑방 풀엔 치마 색이 남아 있구나	堤草留裙色
옛부터 영호남 사이에서는	千秋湖嶺間
강물이 동쪽에서 흘러나오고	江水自東流
금오산 아랫길에선	金烏山下路
여전히 머리를 돌려 본다네	至今猶回頭.

최성대(崔成大)[61], 『두기시집(杜機詩集)』 1권

---

61) 崔成大(1691, 숙종17~1761, 영조37): 小北에 속하는 조선시대 문인으로, 본관은
全義, 자는 士集, 호는 杜機이다. 정랑 守慶의 아들이다. 경기도 수원에 世居하였
고 서울 明禮坊에 거처를 마련하여 자주 왕래하였다. 42세에야 대과에 급제하여,
감찰하는 임무를 맡은 벼슬이나 지방관 벼슬을 주로 수행하였다. 시문에 뛰어나,
金昌翕 이후의 제일인자라 칭해졌다. 申維翰과 친교를 맺고 화답한 글이 많이 남
아 있다.

향랑시, 서(序)를 겸하여 香娘詩幷序

향랑은 선산지방 시골 여자이다. 성품이 깨끗하여 여자의 도리를 지키는 풍모가 있었다. 그러나 계모는 인자하지 못하였다. 시집갔는데 남편이 어리석고 사나워 이유 없이 향랑을 때리며 욕하였으나 시부모도 자기 아들을 금하지 못하고, 향랑에게 다른 데로 재혼하기를 권하였다. 향랑이 울며 친정으로 돌아왔으나 계모가 막고 받아들여 주지 않았다. 숙부댁으로 갔으나 마찬가지였다. 결국 울며 시부모님께 돌아가니 시아버지가 말하였다.

"네가 어찌 다른 곳으로 시집가지 않고 쓸데없이 내게로 돌아왔느냐?"

향랑이 울먹이며 말했다.

"문밖의 땅을 빌려주시면 움집을 지어 그곳에서 목숨을 마치고 싶습니다."

시부모가 끝내 들어주지 않자 비로소 죽을 결심을 했다. 몰래 야은(冶隱) 길재(吉再)의 지주비 아래에 가서 울다가 나무하러 온 여자아이를 만났다. 그 아이는 같은 동네에 사는 아이였다. 그에게 평생의 삶을 낱낱이 이야기하고 다음과 같이 부탁하였다.

"남편이 나에게 화를 내고 내 어머니와 숙부도 나를 받아들여주지 않았으며, 내 시부모님조차 차마 나에게 개가하라고 하시니 내가 어디로 돌아갈 것이냐. 죽어서 내 어머니나 뵈오리라. 너에게 내 신발 한 쌍을 맡기니 '이걸 가지고 우리집에 가서 '향랑이 돌아갈 곳이 없음을 슬퍼하다가 저 강 속에 몸을 던졌다'고 전해다오."

또 〈산유화〉 한 곡조를 부르더니 마침내 물에 뛰어들어 죽었다. 나무하던 아이가 그 사실을 전하니 마을 사람들이 그녀를 '정녀(貞女)'라 하고, 조정에서는 정려문을 내렸다. 내가 그 어미와 숙부 및 남편과 시부모의 은의(恩義) 없음을 한탄하여 시로 자세히 적어둔다.

香娘, 善山村女也. 性端潔, 有女儀, 然後母不慈. 嫁而夫痴且悍, 無故而毆罵之, 舅姑不禁其子, 洒勸再嫁. 娘泣歸家, 母拒不納, 歸叔父不受. 又泣歸舅姑, 舅曰: "爾盍嫁, 無用歸我?" 娘哽咽曰: "願借門外地, 建屋以終身." 舅姑執不聽, 始有死意, 潛往哭於砥柱碑下, 見采薪童女, 同里也. 歷擧平生寄之曰: "吾夫怒我, 吾母與叔, 不容我, 吾舅姑忍我以更嫁也. 我安歸. 歸見我慈母也. 寄汝以雙屨, 持歸告吾家曰: '香娘悲無歸, 而投于彼江中也'." 又歌山花曲一闋, 遂赴水死. 采薪女傳其事, 鄕人號曰'貞女', 朝廷旌于閭. 我恨其母叔暨其夫舅姑無恩義, 以詩之頗詳.

선산 땅 양민의 집에	善山百姓家
향랑이라는 여인 있는데	有女曰香娘
성정이 온화하고 부드러우며	性情和且柔
용모가 깨끗하고 방정했다네	顔貌潔且方
철없이 놀만한 서너 살 때에	戲嬉三四歲
사내들과 어울려 놀지 않았지	不與男子遊
어려서 어미를 여의었는데	弱年哭慈母
의붓어미는 성품 사나워	後母多惡尤
종에게 하듯 욕을 해대고	罵之如奴婢
마소를 부리듯 때렸었으나	歐之如馬牛
자식인지라 어쩔 수 없어	爲女當如何
고개 숙여 하라는 대로 하다가	低頭隨所爲
장성해서 임씨에게 시집갔건만	及長嫁林氏
슬픔과 근심은 여전하였네	慼慼憂不弛
시부모는 향랑을 가엾어 해도	翁姑雖憐娘

남편의 마음은 그렇지 않아	夫心不如斯
밥 지으면 모래가 있다고 하고	炊飯謂有沙
옷 만들면 마음에 안 든다 했네	縫衣謂不愜
그녀 비록 양민의 딸이었으나	娘雖百姓女
옛 사람의 법도를 자못 알아서	頗識古人法
공손히 따라야 어진 아내지	恭順爲賢女
안 그러면 악부(惡婦)라 생각하여서	不然爲惡婦
마음 잡아 남편 뜻 받들었지만	謹心承夫意
남편은 오래 둘 수 없다고 했네	夫曰不可久
온갖 말을 다 듣던 중에	頗聞云云說
다른 사람에게 시집가라네	以我他人嫁
살려 한들 뭐가 기뻐 살아가리오	欲生生何喜
차라리 죽느니만 못하는 것을	不如死之可
구월이라 초엿새날에	九月初六日
지주비 아래서 통곡하였네	痛哭砥柱碑
죽더라도 그 죽음 명백해야지	死當明白死
나 죽으면 그 누가 알아주리오	我死誰當知
나무하는 저 소녀 어느 집 앤가	采薪誰家女
내가 우는 것을 유심히 보네	有意看我哭
너 만난 건 하늘의 도우심이라	逢汝亦天憐
내 말을 자세히 기록해 다오	我言詳記錄
네 집이 어디에 있는가 하니	爾家那邊住
우리 이웃 마을에 살고 있구나	知是同隣曲

연못에 뛰어들어 죽으려는데	欲投池中死
남들이 모를까 걱정이었네	無人知其事
우리 아버지는 박자신이요	吾父朴自新
나의 남편은 임씨의 아들	吾夫林氏子
그의 이름은 칠봉이란다	七鳳吾夫名
열 일곱에 임씨집에 시집갔더니	十七嫁林氏
남편의 나이 열 넷이었네	夫年時十四
타고난 성품이 불과 같아서	稟性如火烈
아무 때나 안 가리고 화를 내었다	自發無時怒
해가 가고 달이 가도 똑같았으나	年年復月月
아직 어려 그러려니 생각하면서	意謂尙童心
오로지 장성하길 기다렸었지	惟待年壯盛
장성해도 오히려 고치지 않아	壯盛猶不悛
부모도 규제를 하지 못했네	父母莫能警
불쌍히 여기는 건 시부모님뿐	憐我惟翁姑
나를 친정으로 보내셨다네	送我父母家
돌아오니 계모는 화내시더라	歸家母氏怒
"네가 여기 와서 뭣하려느냐"	爾來欲如何
말없이 속으로 슬퍼하면서	無語只忉怛
발길 돌려 숙부댁에 돌아갔더니	反自歸叔父
숙부님 하시는 말씀 "너의 남편은	叔父曰汝夫
다시 보지 않을 터이고	棄汝不復顧
네 집 어미 아비도	汝家父與母

거절하며 불쌍히 보지 않으니	拒汝不憐汝
내가 비록 너의 삼촌이지만	吾雖親叔父
질녀를 머물러 둘 순 없구나	不堪留侄女
젊어서 버려진 여자가 되니	少年作棄婦
다른 사람에게 감만 못하다”	不如歸他人
대답하기도 전에 눈물 지누나	淚泛言前落
“숙부는 어찌 어질지 못하시나요	叔父何不仁
제가 비록 촌구석의 아낙이지만	侄女雖村婦
이런 말 들을 줄은 몰랐습니다”	不期叔言聞
시댁으로 돌아감이 낫겠다 싶어	不如歸夫家
절하고 시부모님 뵈었더니만	再拜謁翁姑
시부모님 하시는 말씀	翁姑曰汝夫
“네 남편은 아무 때나 화를 낸단다”	怒心無時無
눈물을 머금고 다시 말했네	含淚拜且言
“문 밖에 있는 작은 터에다	願得門外地
조그만 움집을 지어 주시면	結屋三四椽
거기서 살다가 죽겠습니다”	死生於此已
시부모님 하시는 말씀 “안 된다	翁姑曰不然
재혼해서 떠나가는 것만 못하다	不如更嫁去
네가 죽을 마음이 있는 듯 하나	觀爾有死心
부디 이 말을 내지 말거라	愼勿出此言
문서로써 너와 약속할 테니	作券以約汝
자중(自重)하여 좋은 곳에 시집가거라”	珍重歸好處
며느리가 비록 못났지마는	子婦雖不敏

어찌 차마 이런 일을 하리오	那忍爲此事
속으론 얼음과 불 엉킨 듯 해도	心中若氷火
억지로 기쁜 듯 행동을 했지	擧動强自喜
칡 신으로 차가운 서리 밟으며	葛屨履寒霜
몰래 울면서 못가로 왔네	潛哭來澤涘
아아! 이 나라 사람 중에서	吁嗟國中人
그 누가 나의 맘을 알아주리오	誰白香娘意
남자를 만났으면 말할 수 없고	逢男不足說
어른 여인은 날 말렸을 텐데	壯女救我死
네 용모 똑똑하게 생긴 걸 보니	爾貌甚聰慧
내 말을 기억할 수가 있겠지	記我此言不
돌아가 우리 집에 전하여 주렴	歸去傳我家
오늘 이 강물에 뛰어들어서	是日江中投
황천에서 내 어머니 만나보고는	黃泉見我母
이 슬픔 낱낱이 말을 하련다	歷歷說此愁
너에게 〈산유화〉 가르쳐 줄게	敎汝山花曲
노래 속에 슬픔이 많기도 하다	曲中多悲憂
'하늘은 한결같이 저리도 높고	天乎一何高
땅은 한결같이 저리 넓은데	地乎一何博
이 같이 커다란 하늘과 땅에	如此大天地
이 한 몸 의탁할 곳이 없구나	一身無依托
차라리 강물에 뛰어들어서	寧赴江水中
고기 뱃속에 장사지내리'	葬骨於魚腹
부디 네가 이 노래 전해 주어서	幸汝傳此曲

훗날에 내 혼을 불러주거라	我魂招他日
신발 한 쌍은 가지고 가서	雙屨贈汝去
내 말의 증거로 내어놓으렴	憑茲言一一
내가 하는 것 잘 봐 준다면	努力看我爲
죽어서도 후하게 사례하리라	死後多謝爾
적삼을 벗어서 얼굴 가리고	脫衫蒙頭面
몸을 날려 푸른 물로 뛰어 들었네	擧身赴淸水
아이가 돌아와 소식 전하니	兒來傳其語
죽을 때 향랑 나이 스물이었네	死時年二十
선산 부사 그 일을 적어 알리고	府使上其事
감사가 임금께 아뢰었다네	監司奏御榻
그에게 '정녀'라는 이름 내리고	名之曰貞女
묘소 옆에는 정문(旌門) 세웠지	烏頭墓旁立
지금도 〈산유화〉 곡조 들리면	至今山花曲
마을 사람 눈물을 흘린다더라	村人聞之泣

이덕무(李德懋)[62], 『청장관전서(靑莊館全書)』 2권

---

[62] 李德懋(1741, 영조17~1793, 정조17): 본관은 全州, 자는 懋官, 호는 炯庵·雅亭·靑莊館·嬰處 등 다양하다. 서자라 높은 벼슬을 하지는 못하였으나 박학다식할 뿐 아니라 문장이 좋아 세상에 명성을 떨쳤다. 박지원·홍대용·박제가·유득공 등과 깊이 교유하였다. 1779년 이후 14년간 규장각에 근무하면서 그곳에 소장된 진귀한 서적들을 마음껏 읽었다. 비속한 청나라의 문체를 썼다 하여 文體反正 때에 정조에게 自訟文을 지어 바치기까지 하였으나, 그가 죽었을 때 정조는 그 장례비와 『雅亭遺稿』의 간행비를 내어주고, 1795년 그의 아들을 검서관으로 임명하기도 했다. 『耳目口心書』·『嬰處詩稿』·『士小節』·『淸脾錄』·『洌上方言』 등 여러 종의 저서를 남겼다.

제2장

향랑 관련 산문 기록

林宗女雍文傳

林姓名香娘農家子也幼而端素不喜與男兒遊母
父自新有後妻驚常疾惡娘箠楚偯之娘愈恭謹十
一而林夫名七逢年十四稚而教焉視婦無狀婦不必見
明夫年幼無知識久必不然送之旣長愈益甚教養
遂之其舅姑無以禁逅遣婦母見婦怒曰女必
嘔得罪夫家父度不容送之母家居數月其母兄弟
曰女不幸不得於夫無所歸吾憐汝不能處女平生
今子從意所適何爲父自苦子婦泣曰公無此言
女不二行妾單微無所知又不幸遇人之無良然曰

2장에는 향랑에 관해 기록한 것 중에서 운문이 아닌 모든 것들을 모았다.

첫 번째 항목에서는 관찬(官撰) 각종 서적 등은 물론 개인의 만록(漫錄) 등에서 향랑에 관해 언급한 것들을 모았다. 『부재일기』 기사 맨 마지막에 향랑의 동생의 행적을 넣은 것은 다른 기록에서는 전혀 볼 수 없는 것이다. 또 성대중이 『청성잡기』에 쓴 언급은 매우 특이하다. 다른 수십명의 인물들은 한결같이 향랑의 의열(義烈)을 높이 평가하여 그의 불운한 삶을 안타까워하였다. 그러나 성대중은, 향랑 같이 우뚝한 행실이 있는 사람은 오히려 며느리로 삼기로 적당치 못하다는 독특한 의견을 제시하고 있다. 가난한 집에야 그저 병 없고 화(禍) 적으면 그만이라는 그의 의견은 평범하면서도 고개를 끄덕이게 하는 면이 있다.

두 번째 항목에서는 향랑을 입전(立傳)한 것들을 모았다. 조구상의 글 이후 대부분의 글의 논조나 기사는 똑같다. 향랑의 죽음과 야은 길재의 지주비를 연결시켜 그녀의 죽음을 유교적 교화의 수단이나 그 결과물로 연결하려한 의도가 곳곳에서 보이는데 특히 이광정의 전(傳)은 그 정도가 더욱 심하다. 향랑전이라 제목을 붙였으면서도 선산지방에서 전승되는 열녀 '약가'의 이야기나 '의우(義牛)' 이야기까지 장황하게 서술하여 이 모든 것이 유교적 교화의 산물이며, 선산이 바로 그런 고장임을 애써 강조하고 있다. 장지연의 『일사유사(逸士遺事)』에 실린 향랑전은 크게 두 부분으로 나눌 수 있다. 전반부는 여느 읍지의 내용과 같으나 후반부에 실린 조구상의 시나 속악부에 있다는 〈산유화곡〉은 처음 제시된 내용이다. 더구나 외사씨의 논평까지 갖추고 있어 주목된다.

세 번째 항목에서는 향랑이 오늘날에는 어떤 모습으로 남아 있는지를 살펴볼 수 있는 글들을 모았다. 먼저 20세기 초반 잡지에 실린 글 두 편을 실었다. 비교적 이른 시기 글이니 의미가 있을 것으로 보인다. 이어 설화집에서 향랑의 이야기를 찾았는데 의외로 얼마 되지 않았다. 『구비문학대계』에도 이 이야기는 보이지 않았다. 지금 선산은 구미시에 편입되어 있다. 구미시 형곡동에 새롭게 단장된 향랑의 묘 앞에 새워진 묘지명, 구미시립도서관 앞에 세워진 향랑의 노래비문 등을 함께 소개하고 관련 설명은 각주에 실었다. 지금도 구미지역에서는 향랑을 그 고장의 인물로 의도적으로 부각시키고자 하는 것을 볼 수 있을 것이다.

1. 산문 기록

『숙종실록』 39권, 30년 6월 5일(癸酉)조

선산(善山)의 열녀 향랑에게 정려문(旌閭門)을 내렸다. 향랑은 민가의 여자다. 남편은 성품과 행동이 패악하여 이유 없이 향랑을 미워하면서 욕을 하고 때리며 못할 짓이 없었다. 향랑이 몇 년을 참고 지내다가 끝내 스스로 용납하지 못하고 친정으로 돌아갔다. 아버지에게 후처(後妻)가 있었는데, 매우 악해서 아침저녁으로 욕하였다.

"네가 이미 시집갔다가 다시 돌아왔는데 무엇 때문에 너를 먹여 살리겠느냐."

또 숙부에게 가서 의탁하였는데, 숙부가 그 뜻을 빼앗고자 하므로 향랑은 어쩔 수 없이 시댁으로 돌아갔다. 시아비가 말하였다.

"내 아들의 뜻은 이미 돌릴 수 없으니, 문서를 만들어 너의 개가(改嫁)를 허락하겠다."

향랑은 갈 곳이 없는지라 장차 물에 빠져 죽으려 통곡하며 낙동강 아래 지주연으로 달려갔다. 한 나무하는 아이를 만나 손을 잡고 말했다.

"네가 남자였다면 내가 너와 말할 수 없고, 네가 만약 여자 어른이었다면 마땅히 내가 죽는 것을 말렸을 것이다. 이제 너는 어리고 또 영리해서 내 말을 잘 전달할 수 있을 것이나 내가 죽는 것을 말리지는 못할 것이니, 이는 하늘이 내려준 것이다."

향랑은 전후의 어려웠던 사정을 차례로 이야기해 주고 또 말했다.

"내가 비록 시집 갔어도 부부의 도는 없었다. 그러나 이미 몸을 허락하였으니 어찌 개가할 수 있겠느냐. 내가 만약 증거도 없이 죽으면 부모님과 시부모님께서는 반드시 몰래 다른 사람을 따라 도망갔다고 의심할 것이니 어찌 원통하지 않으랴."

다릿머리와 신을 벗어 묶어서 아이에게 주며 말했다.

"이것을 우리 아버지께 전해서 내 종적을 밝히 해 주렴."

또 말하였다.

"나는 부모님께 죄인이다. 비록 와서 내 시체를 찾으실 것이나 나는 뵈올 면목이 없다."

이에 〈산유화〉 노래를 지어 울며 부르고 아이에게 가르쳐 주며

"네가 이 물가에 와서 이 노래를 부르면 나는 마땅히 나와서 들을 것이다. 파도가 일렁이는 곳을 보거든 내 혼백인줄 알거라."

하고는, 적삼을 벗어 얼굴을 가리고 물에 뛰어들어 죽었다. 그 아이가 다릿머리와 신발을 가지고 돌아가 아비에게 전하니 아비가 와서 시신을 찾았으나 14일이 되도록 얻지 못했다. 아비가 잠깐 돌아가자 시신이 곧 떠올랐다.

지방관이 그 사실을 듣고 시아비와 남편과 계모를 벌주고 조정에 알렸으나, 조정에서는 오래도록 이에 대해 다루지 않다가 이 때에야 좌

의정 이여(李畬)가 말하기를

"향랑은 무식한 촌 여자로 두 지
아비를 섬기지 않는 의를 알아 죽
음으로 스스로를 지켰고, 또 죽음을
명백하게 처리하였으니 비록『삼강
행실도』에 실린 열녀라도 이보다
더하지는 못할 것입니다. 마땅히
정표를 하여 풍화를 닦아야 할 것
입니다."

하였으므로, 이러한 명이 있었다.

향랑묘비 : 향랑 죽음 당시에 새웠는데, 중
간에 동강난 것을 찾아 다시 붙여 놓았다.

旌善山烈女香娘之門. 香娘民家
女也. 其夫性行乖悖, 無端疾視,
叱辱敺打, 無所不至. 香娘以隱忍數年, 終不能自容, 還歸父家. 父有
後妻甚惡, 朝夕詬罵曰: "汝旣嫁復歸, 何以養爲?" 又往依其叔, 其叔
欲奪其志, 香娘不得已復往舅家, 舅曰: "吾子之意, 已不可回, 成給文
券, 許汝改適." 香娘無所歸, 將投水而死. 痛哭走洛東江下砥柱淵,
遇一樵女執手曰: "汝是男子則吾不可與言, 汝若年長則當止吾死, 而
今汝年幼且伶俐, 足以傳吾語, 又不能止吾死. 此乃天也."

歷言前後窮厄之狀, 且曰: "吾雖嫁而無夫婦之道, 然旣已許身, 何
可改適. 吾若無信而死, 父母舅姑, 必疑以潛逃從人, 豈不爲至冤乎."
解其髻及草鞋, 繫而府之曰: "以此傳于吾父, 以明吾蹤跡." 且曰: "吾
爲父母之罪人, 雖來尋吾屍, 吾無面可現." 乃作山有花歌, 一哭一唱,

乃教其兒曰: "汝以此歌, 來唱于此水邊, 吾當出聽, 汝見波動處, 可知爲吾魂魄也." 脫其衫掩面, 赴水而死. 其兒以髢鞋, 歸傳其父, 父往尋其屍, 十四日而無得. 父纔歸而屍卽出.

道臣聞其狀, 罪其舅夫繼母, 以聞于朝, 政府久不覆議, 至是, 左議政李畬言, "香娘以無識村女, 能知不更二夫之義, 以死自守, 且其處死明白, 雖三綱行實所載烈女, 無以踰此. 宜加旌表, 以礪風化." 故有是命.

『숙종실록』39권, 30년 6월 5일(癸酉)조

의열도에 붙이는 발문 義烈圖跋

책 속의 그림과 글을 보니 세교(世敎)에 보탬이 되는 것이 크겠다. 또한 어진 사람의 마음씀을 볼 수도 있겠다. 대저 어려움에 임하여 용감하게 나아가 주인을 위해 목숨을 바치는 것은 만물의 영장이라는 인간에게도 어려운 일인데 뿔 달린 짐승이 어떻게 이를 해 낼 수 있었는가. 옛날 주자께서는 군신의 의가 있는 벌과 개미에 대해 논하시면서 '만물은 한 곳에만 통하기 때문에 도리어 이것을 오로지 하는 것이다'[1] 라고 하셨다. 아마도 일부러 틈내어 닦아서 한 것이 아니라 천성적으로 자연히 그렇게 된 데서 말미암나 보다. 내가 일찍이 옛날에 절하지 않는 코끼리가 있다는 말을 들었었는데 지금 의로운 소의 일이 이 사실을 더 잘 증명해 준다.

저 향랑의 정렬(貞烈) 같은 것은 비록 옛 사람 중에서 이런 행적을 구하여도 어찌 이에서 더할 수 있겠는가. 더욱이 가난한 집 미천한 신분인데도 스스로 자신의 몸을 깨끗하게 하면서, 죽음을 보기를 그저 돌아가는 것처럼 여겼으니 더욱 기이하다. 연꽃은 진흙탕에서 나오지만 아름다운 맵시는 자연스레 이루어져 그 향기가 멀리 갈수록 더욱 맑으니, 진실로 처한 상황으로 말할 수는 없는 것이다. 일선군은 옛부

---

1) 『朱子語類』 4卷, 「性理 一」에 보인다.

터 충효절의의 인물이 많이 났으니, 이른 바 봉황과 난새가 있는 곳에는 풀과 나무까지 향기롭다는 것이 아니겠는가. 향랑이 죽을 때에도 다른 곳이 아니라 하필 지주비 아래서 죽은 것은 더욱 기이하다.

아아! 세교가 날로 해이해져 사람들이 의리와 충절의 귀중함을 알지 못하는데, 선산 부사 조구상 공이 조상의 공적을 이어서[2] 이 행동을 널리 드러내었으니 쇠퇴한 풍속을 격려한다는 뜻은 참으로 우연히 이루어진 것이 아니다. 내가 감탄을 금하지 못하고 이 책 『의열도』 끝에 이와 같이 쓰노라.

觀卷內圖記, 其有補於世敎者, 大矣, 亦可見仁人之用心也. 夫臨難勇赴, 爲主致命, 最靈者之所難, 而角者能焉何哉. 昔朱夫子論蜂蟻之君臣而曰: '物只有一處通, 故便却專此', 蓋由於不假修爲, 天機自動而然耶. 余嘗聞古有不拜之象, 今於義牛事益驗.

若夫香娘之貞烈, 雖古人中求, 何以加焉. 況以蓽戶微蹤, 乃能自潔其身, 視死如歸, 益可奇也. 芙葉出於游泥, 而美資天成, 香遠益淸, 誠不可以所處論也. 一善古多忠孝節義, 抑所謂鳳鸞之區, 草木皆香者非耶. 娘之死不於他, 而必在砥柱之下者, 尤亦異矣.

噫! 世降敎弛, 人不知義節之可貴, 而府伯趙公承繼祖武, 乃肯發

---

2) 조구상의 할아버지 趙纘韓이 선산부사로 있을 때, 주인을 위해 호랑이와 싸웠다가 나중에 주인을 따라 죽은 소가 있었다. 그래서 이 소를 義牛라 하여 「義牛圖」를 펴낸 적이 있었다. 손자인 조구상이 공교롭게도 할아버지가 부임하여 다스리던 선산에 오게 되었을 때, 향랑의 일이 터지자 이를 그림으로 그려서 「의우도」 뒤에 붙여서 『義烈圖』를 만들어냈다. 조상의 공적을 이어 교화를 드러내었다는 말은 이를 두고 한 말이다.

揮張大之此動, 其激礪頹俗之意, 眞不偶然. 余不勝感歎, 書其卷末
如此云.

권상하(權尙夏)3), 『한수재집(寒水齋集)』22권

『의열도』 중 향랑 부분

---

3) 權尙夏(1641, 인조19~1721, 경종1): 본관은 安東, 자는 致道, 호는 遂菴 또는 寒水
齋이며, 시호는 文純이다. 宋浚吉・宋時烈의 문인이다. 붕당 싸움이 치열하던 시
기에 살면서 16세기에 정립된 이황・이이의 이론 중 이이・송시열로 이어지는 기호
학파의 학통을 계승하고, 그의 문인들에 의해 전개되는 湖洛論辨을 학파적 성격으
로 발전시키는 데 크게 기여하였다. 저서로『한수재집』・『三書輯疑』등이 있다.

『부재일기(孚齋日記)』, 경인(庚寅) 정월(正月)

4일 저녁에 이형이 내종(內從) 형제 조태망과 함께 와서 이야기를 나누었다. 조씨는 선산부에 사는데 그 부에서 일어난 옛 일을 이야기해 주었다.

선산부에 한 민간 여자가 있었다. 같은 마을의 양민 남자에게 시집을 갔으나 남편에게 아내로 대우받지 못하고 쫓겨 친정으로 돌아왔다. 아비의 후처(後妻)가 받아들여주지 않아 또 시댁에 갔으나 역시 내쫓김을 당하였다. 끝내 외삼촌댁으로 갔는데, 외삼촌은 아버지와 의논하여 그녀를 개가(改嫁)시키려 하였다. 여자가 이것을 알고 자결하려고 야은 길재의 서원 옆 산 아래에 있는 깊은 못으로 갔다. 나물 캐러 나온 아이를 불러 자기가 지은 〈산유화〉 한 곡을 가르치고는 그에게 그것을 익히게 했다. 그 노래는 이렇다.

하늘은 높고 높으며	天高而高
땅은 넓고 넓은데	地廣而廣
이 몸 받아줄 곳은 없구나	此身無所容
차라리 이 물에 빠져	無寧水於沈
고기 뱃속에 장사지내리	長爲魚腹葬

나물 캐러 나온 소녀가 이 노래를 다 암송하자

"너는 돌아가 내 부모님께 내가 이 물에 빠져 죽었다고 알려다오."
하고는 마침내 물에 뛰어들어 죽었다. 일이 알려져 정려(旌閭) 되었다.
그 여자의 이름은 향랑이라고 한다.

이름은 잊었지만 향랑의 동생도 어질었다. 계모가 관청에 빚을 져서
감옥에 갇히고 또 병이 들자, 관에 나아가 자신이 어미를 대신하기를
청하였다. 관에서는 이를 허락하였다. 결국 옥에서 얼어 죽었으니 또
한 기이한 일이다. 그 고을 원님은 송병익으로, 동춘당(同春堂) 송준길
(宋浚吉)의 손자이다. 관의 아전이 향랑의 동생이 얼어죽었다고 알리
자, 원님은 성내며 말했다.

"죽었다고 말하면 될 것을 뭣하러 꼭 향랑의 이름을 들먹이는 것이냐."
대개 절개 있는 부인의 동생을 죽였다는 소리를 듣는 것이 싫었기
때문이다.

향랑 자매는 절행(節行)은 우뚝 하였으나 외모는 그리 아름답지 않
았었다고 한다.

初四日夕, 李兄與其內從趙泰望來話, 趙居善山府, 話府舊事.

府民有女, 嫁同府良家子, 不爲夫所待, 逐遣還, 父之後妻不容, 又
往夫家, 又見逐. 遂歸內舅家, 舅與父謀改適, 女知之, 將自決, 就吉
冶隱書院傍山下深潭, 呼菜女兒, 敎自製山有花一曲, 使習之. 其歌
曰: '天高而高, 地廣而廣, 此身無所容, 無寧水於沈, 長爲魚腹葬.' 菜
女旣誦, 仍謂曰: "汝歸語吾親吾死于此水." 遂入水死. 事聞旌閭, 其
女名香娘云.

香娘之弟失其名亦賢. 其後母以官債在囚且病, 詣官訴願代, 官許
之, 在獄凍死, 亦奇事. 其倅卽宋炳翼, 同春之孫. 官吏告以香娘之
弟凍死, 倅怒曰: "言死足矣, 必舉香娘名何也." 盖惡其殺節婦之弟
故也.

香娘兄弟, 節行卓然而其貌不揚云.

○初四日夕李兄與其內從趙泰望来話居善山
府話府舊事府民有女嫁同府良家子不為夫所
待逐遣還父之後妻不容又住夫家又見逐遂歸
内舅家勇與父謀改適女知之將自決就吉冶隱
書院傍山下深潭呼菜女兒教自製山有花一曲
使習之其歌曰天高而高地廣而廣此身無所容
無寧冰親吾死于此水遂入水死為魚腹葬菜女既
語吾親吾死于此水遂入水死事聞㫌閭其女名
香娘云香娘之弟失其名亦賢其後母以官債在
囚且病詣官訴願代官許之在獄凍死亦奇事其
倅卽宋炳翼同春之孫官吏告以香娘之弟凍死
倅怒曰言死足矣必舉香娘名何也盖惡其殺節
婦之弟故也香娘兄弟節行卓然而其貌不揚云

엄경수(嚴慶遂)4), 『조선당쟁관계자료집』15(여강출판사, 1987)

『약파만록(藥坡漫錄)』

하늘은 저리 높고 멀며　　　天何高遠
땅은 저리 넓고 아득한데　　地何廣邈
한 몸 기댈 곳은 없구나　　　一身靡托
차라리 이 못에 뛰어들어　　寧投此淵
고기 뱃 속에 장사지내리　　葬於魚腹

이 노래는 조선 숙종 때의 노래이다. 향랑은 선산의 형곡동에 살던 민가의 여자이다. 어려서부터 성품과 정숙하고 효성스러우며 순하였다. 계모가 매우 악독했으나 향랑은 그 뜻을 받들어 순종하였다. 시집을 갔는데 남편도 좋지 못한 사람이라 향랑을 원수처럼 미워하였다. 향랑이 계모에게 받아들여지지 못하고 또 남편의 구박도 받게 되니 그 숙부와 외숙이 불쌍히 여겨 다른 곳으로 시집가라고 권하였다. 향랑이 완강히 거절하며 시댁의 한 귀퉁이에 몸을 맡기려 했으나 시아버지도 허락하지 않았다. 이에 향랑은 돌아갈 곳이 없는지라 마침내 지주비 아래 [낙동강 상류 언덕에 야은 길재 선생의 충절을 기리는 지주비가 있다]로 죽으러 갔다. 지나가던 나무하는 여자를 만나 자기의 다릿머리를 벗어 주면서 말했다.

"이것을 가져다 우리 부모님께 전해 주어 내가 죽었다는 것을 증명해 주시오."

이 때 나이 스물이었다고 한다.

'天何高遠, 地何廣邈, 一身靡托, 寧投此淵, 葬於魚腹'. 此歌, 李朝
肅宗. 香娘, 善山荊谷良家女子也. 自幼性質貞淑孝順, 其後母甚罵,
娘嘗承順其志. 及嫁, 夫又不良, 嫉之如仇. 娘旣不得於繼母, 又爲夫
之所迫, 其叔父與舅憐之, 勸之他適. 娘牢拒之, 托身於夫家之側, 則
舅亦之不許. 娘於是無所歸, 遂於死行至砥柱碑 [洛東江上峻坂, 有吉
冶隱先生之表節砥柱] 下, 過樵女解髻贈而且語曰: "持此遺我父母,
以證我死." 時年二十云云.

이희령(李希齡)[5]

5) 李希齡(1697, 숙종23~1776, 영조52): 세종의 아들 孝寧大君의 후손으로 본관은
전주, 자는 壽而, 호는 藥坡이다. 집이 가난하고 부모가 늙은 탓에 과거공부를 했으
나 과장에서 벌어지는 각종 비리를 목격한 뒤로는 벼슬을 단념하고 학문에만 몰두
하였다. 유교뿐 아니라 의약·卜筮·풍수지리 등의 서적에까지 정통하였으며, 특히
野史의 채집에 관심이 많아 여러 史書와 문집들을 널리 모아서『藥坡漫錄』40권
을 저술하였다. 이것을 성균관대 대동문화연구원에서 영인·보급하였다.

『청성잡기(靑城雜記)』 4권, 「성언(醒言)」

　판윤 이의만의 집안은 충주에 살았다. 충주에 한 시골 여자가 있었
는데 13살이었다. 그 어미가 호랑이에게 붙잡혀 가니 이 여자가 막대
기를 들고 멀리까지 쫓아갔다. 호랑이도 그 기세에 겁먹어 어미를 놓
고 가버려 마침내 살려낼 수 있었다. 그 여자를 마을에서는 효녀라 불
렀다. 이공도 칭찬하며 기이한 일이라 하였다. 그 뒤 한양으로 올라오
라는 임금님의 명을 받았다. 이공과 친한 백성이 있었는데 늙도록 오
직 아들 하나만 두었을 뿐이었다. 그가 며느리를 구하려 하자 이공이
말하였다.

　"그대는 효부 얻기를 원하는가. 그렇다면 내 고향 아무개 집 딸만한
이가 없네."

　그 사람은 평소 이공을 존경하고 믿던 터라 기쁘게 그와 혼인을 맺
었다. 그러나 시집와서 그녀가 너무 사나워서 시부모나 남편이 감당하
지 못하니 항상 이공에게 와서 울며 하소연하였다.

　"공이 우리 집을 망하게 하셨습니다."

　이공도 그 며느리의 일을 가슴아파하였다. 공이 경조를 맡았을 때
불효를 죄주어 자주 매를 때리게 되었으니, 효녀가 불효부가 되어 이
공의 이름까지 손상시켰던 것이다.

대저 부인의 도는 순종을 기준으로 한다. 특별한 일은 상서롭지 않다. 특별한 효도도 본래 소임에 맞지 않는다. 지나치면 반드시 사납게 되어 버린다. 영평 채씨 여자는 결혼도 하기 전에 어미가 밤에 호랑이에게 붙잡혀 갔기 때문에 채씨가 혼자 몸으로 호랑이를 쫓아서 결국 어미를 구해서 돌아와 그 일로 정려문이 세워졌다. 그러나 시집을 간 뒤로는 칭찬할 만한 부덕(婦德)이 없고 다만 성품이나 기운이 남과 달랐을 뿐이다.

선산지방 향랑은 그 행적이 매우 의열(義烈)하다. 〈산유화〉 노래가 그 때문에 생겼다. 그러나 선산 사람은 그 성품과 행실이 편벽되어 결코 며느리로 삼을 수는 없다고 한다. 혁혁하게 공을 세운 남자는 성품과 기질이 너무 강한 쪽으로만 치우친 경우가 많은데 하물며 여자이랴. 가난하고 신분 낮은 집에서는 질병이 적고 화나 없는 것 자체가 복이 아니겠는가.

李判尹宜晩, 家居忠州, 州有村家女, 年十三, 其母被攫於虎, 女持杖逐及之遠, 虎亦氣懾, 置母去, 遂得活, 一鄕稱其烈孝. 李公亦嘖嘖稱奇. 及承召入都, 委巷人習於李公者, 老惟一子, 方求婦, 李公乃曰: "君欲得孝婦耶, 無如吾鄕某家女." 委巷人素敬信李公, 樂與之婚. 及歸, 乃大悍女也, 舅姑及夫不能堪, 常泣訴於李公曰: "公亡我家." 李公亦切痛其婦. 及掌京兆, 逮數其不孝而痛杖之, 孝女乃爲不孝婦, 而成毁並在李公矣.

大抵婦人之道, 以順爲正. 非常之事, 乃其不祥. 烈於孝者, 亦非其任也. 過於烈, 則未必不爲悍也. 永平蔡氏女未笄, 而母夜爲虎攫去,蔡獨挺身逐虎, 卒奪母以廻, 事聞旌閭. 旣嫁, 則婦德別無可稱, 特性氣異於人爾.

　善山香娘, 事甚烈, 山有花之歌, 所由生也. 然善山人, 言其性行褊卞, 決不能爲居室婦. 丈夫之赫赫有樹立者, 性氣亦多偏於剛極, 況女子乎. 貧賤之家, 小疾病, 無禍敗, 庸非福耶.

성대중(成大中)[6]

---

6) 成大中(1732, 영조8~1812, 순조12): 찰방 孝基의 아들로, 본관은 昌寧, 자는 士執, 호는 靑城이다. 서얼이라는 신분적 한계를 가졌으나 庶蘖通淸運動에 힘입어 1765년 淸職에 임명됨으로써 서얼통청의 상징적 인물이 되었다. 통신사를 수행하여 일본에 다녀오기도 했고 興海郡守가 되어 목민관으로서 선정을 베풀기도 했다. 노론 성리학파 중 洛論系에 속하는 성리학자였으나, 北學思想에 기울어 홍대용·박지원·이덕무·유득공·박제가 등과 교유하면서 이들에게 家學을 전해주기도 했다. 스승 金焌에게 전수받은 象數學的인 학풍을 발전적으로 계승시키기도 하였다. 『청성집』10권 5책을 남겼다.

『동환록(東寰錄)』4권, 「八道州縣-慶尙道」-산유화가 山有花歌

　이것은 낙동강 근처 마을의 여인을 위해 지은 것이다. 옛날 마을에 한 여인이 시어미와 남편에게 버림받아 강물에 뛰어들어 죽었다. 마을 사람들이 그를 불쌍히 여겨 물가로 나와 소매를 나란히 하여 그곳을 밟으며 노래를 불렀다. 그 가사가 하나로 일치하지는 않으나 구슬픈 느낌을 끝없이 일으킨다. 지금 남쪽 지방의 사람들이 매번 바람을 맞고 달을 마주하며 곡조를 맞추어 슬피 부르는데 그 소리가 멀리까지 울린다.

　此爲洛東里娘作也. 昔有里娘, 因不見荅於姑夫, 投江水而死. 里人哀之, 出水濱, 聯袂蹋歌. 其詞不一, 纏綿悽惻. 今南土士女, 每臨風對月, 抵節哀吟, 聲振林越.

윤정기(尹廷琦)[7]

---

7) 尹廷琦(1814, 순조14~1879, 고종16): 본관은 海南, 자는 景林, 호는 舫山이다. 어려서는 할아버지인 書有에게서 학문을 익히고 성장해서는 외할아버지 정약용으로부터 수업하였다. 특히 정약용의 학문적 영향을 받아 당대에 문명을 날려, 燕京의 학자 周棠에게 높은 평을 받기도 했다. 주위에서 여러 차례 벼슬자리에 나서기를 권하였으나 거절하고 오직 학문에만 정진하였다. 『易傳翼績』, 『東寰錄』, 『物名考』, 『방산유고』 등의 저서를 남겼다.

『임하필기(林下筆記)』16권 - 산유화가 山有花歌

숙종무인년간에 선산부 민가의 여인 향랑은 일찍 과부가 되어 수절하고 있었다. 부모가 그 뜻을 빼앗으려 하자 〈산유화가〉를 지어서 뜻을 보이고는 마침내 낙동강에 빠져 죽었다. 속악부에 대대로 〈산유화가〉가 전해온다.

肅宗戊寅年間, 善山府民女名香娘, 早寡守節, 其父母欲奪志, 香娘作山有花歌以見志, 遂沒洛東江以死. 俗樂部, 世傳山有花歌.

이유원(李裕元)

『일선지(一善誌)』, 「열녀-향랑」

　　상형곡 민가의 여자이다. 어려서부터 성품이 정숙하고 효성스러웠다. 계모가 매우 사나웠으나 향랑은 항상 어미의 말을 따랐다. 시집을 갔는데 남편이 어질지 못하여 그녀를 원수 대하듯 미워하였다. 친정서도 계모가 받아들여주지 않고 지아비에게도 버림받자 숙부와 시아비가 그녀를 불쌍히 여겨 다른 곳에 시집가기를 권하였다. 향랑은 굳게 거절하며 시댁 한 켠에 몸을 의탁하게 해 달라고 애걸했어도 시아비가 허락하지 않았다. 향랑은 돌아갈 곳이 없어 마침내 죽기로 결심하였다. 지주비 아래에 이르러 나무하는 아이를 만나 다릿머리와 치마를 풀어서 주며 말했다.

　　"이것을 가져다가 부모님께 드려서 내 죽음을 증명하고, 내 시신을 연못에서 찾으라 전해다오."

　　말을 마치고 〈산유화〉 한 곡조를 불러 그녀에게 가르치고는 물에 뛰어들어 죽었다. 그 때 나이가 20살이었다. 그 노래는 이렇다.

하늘은 어이 높고 멀며	天何高遠
땅은 어이 넓고 아득한가	地何曠邈
천지가 비록 넓다 하나	天地雖大
한 몸 의탁할 곳 없구나	一身靡托

차라리 이 못에 뛰어들어　　　寧投此淵

고기 뱃속에 장사지내리　　　葬於魚腹

부사 조구상이 그 일로 전을 지었다. 정려문이 내려졌다.

上荊谷良家女, 自幼性質貞淑孝順, 其後母甚嚚, 娘常順其志. 及嫁夫不良, 嫉之如仇, 娘其不得於繼母, 又爲夫所棄, 其叔父與舅憐之勸適他, 娘牢拒, 乞托身於夫家之側, 其舅不許, 娘無所歸, 遂決溢死. 至砥柱碑下, 遇樵女, 解髢與裳贈, 其語曰: "持此遺父母, 以證我死, 且覓屍於淵中." 語罷唱山有花一曲, 敎其女, 仍赴水死, 時年二十. 其歌曰: '天何高遠, 地何曠邈, 天地雖大, 一身靡托, 寧投此淵, 葬於魚腹.' 府使趙龜祥, 作傳事. 聞旌閭.

『조선시대 사찬읍지(私撰邑誌)』21(한국인문과학원, 1989)[8]

---

8) 김종직의 善山地圖(인조8년, 1630년)에 李埈이 人物志를 보완하여 읍지를 편찬했고 이후 몇 차례의 보완을 거쳐 정조 24년(1800년)에 간행하였다. 이후 이름은 다르지만 읍지로 나온 자료들이 꽤 있으며 이들에 나온 향랑의 기록 역시 이 『일선지』의 내용과 같다. 참고로 고종 때 발간되어 가장 많은 자료를 싣고 있다고 평가되는 영남 지방 대상 읍지 『嶠南誌』10권, 「善山 - 烈女」조에 나온 향랑의 기사는 다음과 같다. 내용이나 구절까지 거의 같은데 중간에 글자만 한 두 개씩 다를 뿐이다. 참고로 제시해 둔다. 香娘 : 上荊谷, 良家女, 林七峯妻. 不得於繼姑, 其叔與舅勸適他, 不從, 至砥柱碑下, 解髢與裳, 贈樵女曰: "持此遺我父母, 使覓屍淵中." 因唱山有花一曲, 敎其女以唱. 遂赴水死. 歌曰: '天何高遠, 地何廣邈, 天地雖大, 一身靡託, 寧投此淵, 葬於魚腹'. 府使趙龜祥作傳旌閭.

『조선각도읍지(朝鮮各道邑誌)』, 경상도 선산부 열녀(慶尙道 善山府 烈女)조

향랑은 상형곡 여자로 임칠봉의 아내이다. 계모에게 받아들여지지 않고 남편에게 버림받았다. 숙부와 시아비가 다른 곳으로 가기를 권해도 향랑은 따르지 않았다. 지주비 아래에 이르러 다릿머리와 치마를 풀어 나무하는 아이에게 주고 말했다.

"이것을 가져다가 부모님께 드려 내가 죽었음을 증명하고 내 시신을 못 가운데서 찾게 하렴."

그리고 〈산유화〉 한 곡조를 불러 소녀에게 가르치고 물에 빠져 죽었다. 그 노래는 이렇다.

하늘은 어이 높고 땅은 어이 먼가	天何高地何遠
넓고 아득한 천지 비록 크다 해도	廣邈天地雖大
한 몸 기댈 곳은 없구나	一身靡托
차라리 이 못에 뛰어들어	寧投此淵
고기 뱃속에 장사지내리	葬於魚腹

정려문을 내렸다.

香娘은 上荊谷女요 林七峯妻니 不得於繼母하고 又爲夫所棄하야 其叔與舅勸適他한대 娘이 不從하고 至砥柱碑下하야 解髢與裳하야 贈樵女曰: "持此遺我父母하야 以證我死하고 且覓屍於淵中

하라" 因唱山有花一曲하야 敎其女하고 仍赴水死하니 其歌에 曰:
'天何高地, 何遠고 廣邈, 天地雖大나 一身靡託하니 寧投此淵하야
葬於魚腹하리라'. 旌閭라.

『조선각도읍지(朝鮮各道邑誌)』9)

이라

朝鮮各道邑誌

三九四

9) 昭和 4년(1929년) 4월 발행(경인문화사 영인, 1989). 내용은 조선시대에 발행된 읍
지와 거의 같다. 그것을 바탕으로 토를 단 정도이다.

『증보문헌비고(增補文獻備考)』 107권, 「악고(樂考)」 18

[증보] 숙종 무인년간에 선산부 양민의 딸 향랑은 일찍 과부가 되어 수절하고 있었다. 부모가 뜻을 빼앗으려 하자 향랑은 〈산유화가〉를 지어 자신의 뜻을 보이고 마침내 낙동강에 빠져 죽었다. 속악부에서 〈산유화가곡〉이 세상에 전한다.

[補] 肅宗戊寅年間, 善山府民女名香娘, 早寡守節. 其父母欲奪志, 香娘作山有花歌, 以見志, 遂投洛東江以死. 俗樂部, 世傳山有花歌曲.

『녀ᄌ독본』샹, 뎨오쟝[10]

뎨오십팔과 향랑香娘

향랑은 선산善山 샹형上荊 사ᄂᆞᆫ 촌가村家 녀ᄌ라 어려셔브터 셩질 性質이 졍슉貞淑ᄒᆞ야 그 계모 셤기기를 효슌이 극진ᄒᆞ더니 밋 츌가 ᄒᆞ매 그 지아비 불량不良ᄒᆞ야 향랑을 구박ᄒᆞᄂᆞᆫ지라 그 슉부叔父와 구 고舅姑가 어엿비 녁여 다른ᄃᆡ로 싀집 가기를 권ᄒᆞ되 향랑이 듯지 안코 싀집 근쳐近處에 의탁ᄒᆞ더니 ᄯᅩ흔 구츅 구츅毆逐홈으로 이 에 죽기를 결심決心ᄒᆞ고 길야은 션셩의 지쥬비砥柱碑 아래 니ᄂᆞ러 나무ᄒᆞᄂᆞᆫ 녀ᄌ의게 치마와 머리를 풀어 주며 왈 이거슬 가지고 우리 부모ᄭᅴ 드려 나의 죽음을 증거ᄒᆞ라

荊性質淑舅姑近托毆逐砥柱[11]

뎨오십구과 샹동

향랑이 말을 ᄆᆞ치매 곳츨 썩거 산유화山有花 ᄒᆞᆫ 곡됴曲調를 부르

---

10) 『녀ᄌ독본』은 장지연이 애국계몽기의 여성들에게 교훈이 될 만한 인물들의 행적과
   일화들을 순한글로 단편화하여 수록한 것으로 1908년에 廣學書舖에서 간행하였다.
11) 본문 내용을 그대로 옮기기 위해서 번역문을 각주로 처리한다. 원문에는 각 한자
   옆에 음과 뜻을 적어 두었다. 번역하면 다음과 같다. '가시밭길에도 성품이 맑더니
   시부모 옆에 의탁했다가 내쫓겨 지주비로 갔다.'

고 드딕여 강물에 던져 죽으니 나히 이십셰라 지금신지 그 곳을 향랑
쇼沼라후고 그 곳 사름들이 그 소릭를 다토아 부르니 그 노래에 후엿
스딕

하늘은 엇지 높고 멀며	天何高遠
싸은 엇지 너르고 먼고	地何曠漠
일신을 의탁홀수 업도다	一身無托
출하리 이 못에 던져	寧投此淵
고기 빅에 장스후리로다	葬於魚腹

그 씩에 션산부스 죠구샹趙龜祥이 향랑의 젼傳을 짓고 그 졍졀을
죠뎡에 보報후야 졍려를 세우니 향랑의 일홈이 셰샹에 빗나더라
花曲操沼何遠地曠邈雖靡寧投魚祥傳[12]

장지연(張志淵)[13]

---

12) 산유화 곡조 부르며 연못가에 갔다. 땅은 어찌 멀고 넓나, 멀다 해도 편할 데 없으
니 고기 뱃속에 몸을 던졌다. 조구상이 전을 지었다.

13) 張志淵(1864년, 고종1~1921년) : 본관은 仁同, 호는 嵩陽山人 또는 韋庵이다. 개
화기에 주로 언론인과 계몽운동가로 활약하였다. 1894년(고종 31) 진사가 되고,
1895년 10월 일제가 민비를 시해하자 의병궐기호소격문을 지어 각처에 발송하였고,
1896년 俄館播遷 때에는 고종의 환궁을 요청하는 萬人疏 기초하기도 했다. 그러나
1910년 한일한방 이후에는 『매일신보』 주필 등으로 활동하면서 일본의 조선 통치를
찬양하는 수백편의 글을 남기기도 하였다. 『增補大韓疆域考』, 『儒敎淵源』, 『東
國歷史』, 『大東文粹』, 『花園志』 등 여러 편의 저서를 저술하거나 편찬하였다.

2. 향랑을 그린 전(傳)

열녀 향랑 그림의 기문 烈女香娘圖記

대저 죽는 것은 어려운 일이다. 대장부에게도 어려운데 하물며 부인에게며, 선비도 오히려 어려운데 하물며 시골의 아낙이랴. 옛 사람의 말에 '강개하여 스스로 목숨을 끊기는 쉬워도, 조용히 죽음에 나아가는 것은 어렵다'[1]라 하였는데, 미천한 시골 아낙이 옛 어른들도 어려워한 일에 힘쓴 것을 나는 향랑에게서 보았노라.

향랑은 영남 일선부(一善府) 상형곡(上荊谷) 사람이다. 임오년 가을 내가 일선부에 부임한 며칠 후에 남면의 약정[2]이 내게 글을 올렸다. 그 대략은 이러하였다.

상형곡에 사는 양민 박자신의 딸 향랑은 어려서부터 용모가 방정하고 성품이 정숙하여 이웃의 사내아이들과 함께 놀지 않는 것뿐만이 아니었다. 그의 계모는 성품이 좋지 못하여 향랑을 매우 박대하였다. 날

---

1) 『宋史』 450권과 『中庸衍義』 9권에 나오는 구절이다.
2) 향약의 임원을 約正이라 한다. 『왕조실록』에서도 자주 용례가 보인다.

마다 욕하고 때리는데도 향랑은 조금도 노여운 기색 없이 오직 공손한 말로 순종하였다. 17살에 같은 마을 사는 임천순의 아들 칠봉의 아내가 되었다. 임칠봉은 나이 겨우 열 넷인데 성품과 행위가 괴팍하고 패악하여 향랑을 마치 원수처럼 미워하였다. 향랑은 계모에게도 받아들여지지 못하고 또 남편에게도 용납되지 못하여 숙부에게 의탁하려 했더니 숙부는 그녀를 개가시키려 하였다. 시아버지에게 돌아가니 시아버지도 다른 곳에 가라고 하므로 마침내 물에 몸을 던져 죽었다.

죽을 때 근처 마을에 사는 나무하는 아이를 만나 그 슬픈 심정을 말하였다 했다. 내가 그 나무하는 아이를 불러 물어보았다. 그 소녀는 12살이었는데 성품이 자못 영리하여 처음부터 끝까지 자세히 이야기하였다. 12살 아이는 말을 꾸밀 줄 모르니 이것이 모두 사실인 것은 명백하다. 그의 말은 이러하였다.

9월 6일에 아이가 나무하러 오태동 길가로 갔는데 한 젊은 여인이 길에서 통곡하며 오고 있었다. 아이를 보자 기뻐하며 울음을 멈추고 그를 불러 손을 잡고 말했다.

"너는 어느 집 아이냐?"

아이가 아비의 이름을 말하자 여자가 말했다.

"그렇다면 너희 집은 우리 마을과 그리 멀리 떨어져 있지 않으니 내 말을 우리 아버지께 전할 수 있겠구나. 오늘 너를 만나게 된 것은 하늘이 그렇게 해 주신 것이다. 내게 끝없는 아픔이 있는데 오늘 너에게 다 말하고 죽겠다. 나는 본래 아무개 마을에 사는 아무개의 딸이요 아무개 마을에 사는 아무개의 부인 아무개란다. 올해 나이는 스물이지.

열 일곱에 시집갔더니 그 때 남편의 나이는 열 넷이었다. 남편은 어려서 아는 것이 없는지라 나를 원수 대하듯 했지만, 어려서 아직 일을 깨우치지 못해서 그러리라 여겼지. 나이가 들면 틀림없이 이렇게까지 참아야 하지는 않을 것이라 생각했단다. 그러나 나이를 점점 먹어 가는데도 내게 더욱 포악하게 대하더니 심지어 큰 몽둥이로 때리고 머리채를 휘어잡으며 얼굴을 상하게도 하여 나를 쫓아냈단다. 시부모님들도 남편을 말리지 못하였지. 나는 어쩔 수 없이 친정으로 돌아왔다. 그러나 우리 어머니는 나를 낳아주신 분이 아니라 계모이시다. 평소에도 내게 자애롭게 대해 주시지 않으셨지. 내가 쫓겨온 것을 보더니 노하여 꾸짖으며 말씀하시더라. '이미 시집 보냈는데 또 다시 돌아왔구나. 내가 왜 너를 먹여야 한단 말이냐?' 하시며 날마다 욕하고 모욕을 주는데 사람의 도리로 차마 감당할 수 없을 정도였다. 아버지께서는 내가 받아들여지기 힘들 것임을 보고 나를 숙부댁으로 보냈단다. 다행히 그곳에서 몇 개월을 편안히 지낼 수 있었다.

하루는 숙부께서 내게 말씀하시더구나. '내가 어찌 한없이 너를 먹여줄 수 있겠느냐. 네 남편은 영영 너를 버렸으니 네가 다시 그 집에 들어가는 일은 없을 것이다. 평범한 젊은 여자가 어찌 혼자 지낼 수 있겠느냐. 다른 사람에게 시집가는 것이 좋겠다.' 내가 대답했지. '숙부께서는 어찌 차마 이런 말씀을 하십니까. 제가 비록 양민이고 부부의 도를 행하지 않았어도 몸을 이미 다른 사람에게 허락했는데 어찌 남편이 좋지 못하다 하여 다른 사람에게 가겠습니까.' 숙부께서는 좋아하지 않으시더니 이때부터 나를 점점 박대하시고 드러내 놓고 내 뜻을 꺾으려 하셨지. 내가 어쩔 수 없어 다시 시댁에 갔지만, 남편이 나를 박대하는 것은 갈수록 심해졌다. 시아버지께서 내 어려운 처지를 불쌍히 여겨 다른 곳에 시집가기를 또다시 권하셨단다. 문서로 꾸며 주시기까지 하시더군. 내가 숙부께 대답했던 말로 대답하고 또 말했어. '아버님께서 만약 울타리 밖에 움집을 지어 저를 받아주신다면 저는 마땅히 그 곳에서 평생을 마치겠습니다.' 시아버지께서는 허락하지 않으시고 늘 집안을 더럽히지 말라고 경계하셨다. 아마 내가 자결할까봐 염려하셨나봐. 이런 이유로 그 집에서 죽지 못하고 물에 빠져 죽을 결심을 했지. 비록 그렇지만 죽은 것이 명백하지 않으면, 내 부모나 시부모가 반드시 내가 몰래 도망하여 다른 이에게 갔다고 의심할 것이니 어찌 매우 원통하지 않겠는가. 오늘 너를 만나 내가 죽었음을 증명하게 되었으니 이것이 이른바 하늘이 주신 기회라고 하는 것이다. 또 비록 사람을 만났다 해도 남자 아이였으면 함께 말할 수 없었을 것이요, 여자 어른이었으면 반드시 내가 죽는 것을 말렸을 것이다. 너는 나이는 어리지만 지혜로워서, 내가 죽지 못하도록 끌어당길 힘은 없어도 반드시 내 말을 우리 아버지께 전할 수는 있을 테니 이 또한 하늘의 도우심이 아니랴."

하고는 아이의 손을 잡고 지주비[야은 길재의 비이다] 있는 곳 못 위에 이르렀다. 다릿머리를 풀고 치마와 신발을 벗어 묶어서 아이에게 주며 말했다.

"이것을 가져다가 내 부모님께 전해드려서 내가 죽은 것이 확실함을 증명해 주렴. 또 그분들이 못에서 내 시신을 찾게 하여라. 그러나 나는 죽으면 부모님께 죄인이 되는 것이다. 비록 죽더라도 무슨 면목으로 부모님을 다시 뵐 수 있겠느냐. 내 시신은 반드시 물 밖으로 나오지 않을 것이다. 나는 죽어서 지하에서 내 어머니를 만나 이 온갖 슬픈 이야기를 다 할 것이다."

말을 마치고 통곡하였다. 한참 후에 울음을 그치고는 노래 한 곡을 부르더니 장차 물에 뛰어들 기세를 보였다. 아이가 두려움을 이기지 못하여 일어나 도망가자 향랑은 쫓아가 아이를 붙들고 다시 연못 위로 와서 말했다.

"두려워하지 마라. 내가 너에게 노래 한 곡을 가르쳐 줄게. 너는 기억했다가 나중에 나무하러 이곳에 다시 오게 되면 이 노래 〈산유화〉를 부르렴. 그러면 내 혼백은 반드시 네가 왔음을 알아볼 것이야. 푸른 물결이 용솟음치는 곳을 굽어보게 되면 내 혼백이 그 곳에서 놀고 있다고 알면 된다."

물 속에 뛰어들려다 다시 그치고 말했다.

"죽겠다고 이미 결정했는데도 물을 보니 오히려 두려운 마음이 있어 차마 물에 뛰어들지 못하겠으니 불쌍하구나. 내 차라리 물을 보지 않으리라."

마침내 적삼을 벗어서 얼굴에 덮어 볼 수 없게 한 후 영영 물로 빠져들었다.

나무하는 아이가 돌아가 향랑의 아비에게 알리니 아비가 곧 와서 시신을 찾았으나 14일이 되도록 찾지 못하였다. 아비가 어쩔 수 없어 잠시 집에 돌아가고 나서야 시신이 물결 위에 떠올랐다. 홑겹 적삼이 여

전히 얼굴을 가린 채였으니 또한 기이하다. 그녀가 불렀다는 노래는
이렇다.

하늘은 어이 높고도 멀며	天何高遠
땅은 어이 넓고 아득한가	地何曠邈
천지가 비록 넓다 해도	天地雖大
한 몸 기댈 곳 없구나	一身靡托
차라리 이 못에 뛰어들어	寧投此淵
고기 뱃속에 장사지내리	葬於魚腹

아이의 말은 여기까지였다. 내가 듣고 슬퍼하며 방백에게 다음과 같
이 보고하였다.

지주중류비(砥柱中流碑) : 길재의 충절을 기
리기 위해 세운 것이다. 앞면에 '지주중류'라
고 쓰여 있고, 뒷면에는 그것의 의미를 적었
다. 향랑이 이곳에서 죽었다 한다. 구미시 오
태동에 있다.

"일선부(一善府)는 예로부터 충효절의(忠孝節義)의 인사가 대대로 세상에 알려져 가축까지도 의롭게 죽었다는 기림이 있었고,[3] 예상치 못한 무식한 촌 아낙도 이와 같은 뛰어난 절행이 있습니다. 비록 옛 열녀에 비하더라도 어찌 이보다 낫겠습니까. 그 일 처리함을 명백히 함과 조용히 죽음에 나아간 일은 묻혀버리게 해서는 안될 것입니다. 그래서 감히 제가 보고를 올리니 엎드려 바라옵기는 조정에 알려 그 무덤에 정려를 내림으로써 의열한 풍속을 고취시켜 주십시오."

방백이 즉시 장계를 올려 알렸으나 해당 관청에서 놓아두고 아직 정려를 내리라는 명이 없으니 어찌 안타깝지 않으랴. 내가 그 이름이 없어져 기림 받지 못하게 될까 염려하여 이에 『삼강행실도』를 만든 방법대로 그 모양을 그리고 그 일을 서술하여 『의우도(義牛圖)』의 아래에 붙여 후에 보는 사람들로 하여금 향랑의 죽음이 열(烈)하였음을 알게 하련다. 아! 할아버지께서 이곳에 부임하셨을 때 의우(義牛)가 있었는데[4], 내가 이곳에 부임했을 때 향랑의 일이 생겼으니 이 고장 사람들이 모두 기이한 일이라고들 한다.

숭정 경오 후 74년 신사 5월 어느 날에 부사 조구상이 쓴다.

---

3) 선산 지방에 널리 알려진 義牛, 義狗를 두고 한 말이다. 각주 49번 참조 바람.
4) 조구상은 조찬한의 손자이다. 조찬한이 전에 선산 부사로 부임하여 이곳을 다스린 적이 있었다. 이때 소가 주인을 위해 호랑이와 싸워 이겼다가 주인이 죽자 같이 죽은 일이 있었다. 이 소를 義牛라 하면서 조찬한이 이를 그림으로 그리고 그 사연을 적어 『의우도』를 펴낸 바 있다. 그런데 손자인 조구상이 할아버지가 다스리던 곳에 부임하게 된 것 부터가 기이한 인연인데 이때에 또 이와 같이 義烈한 일이 일어났으니 이것을 모두가 기이하게 여긴 것이다.

夫死難事也, 丈夫猶難, 況婦人乎, 士族猶難, 況村女乎. 古人有言曰, 慷慨殺身易, 從容就死難, 以村女之賤, 辦古人之難者, 吾於香娘見之矣.

娘卽嶺南一善府上荊谷人也. 壬午之秋, 余莅一善, 過數日, 而南面約正文狀至, 其畧曰: 上荊谷居良人朴自申女子香娘, 自幼時, 容貌方正, 性質貞淑, 不但不與鄰居男兒遊戲. 其後母性甚不良, 待香娘甚簿, 日加叱辱歐打, 香娘少無慍色, 唯以巽言承順. 十七嫁, 作同里居林天順之子七奉之妻. 七奉年纔十四, 性行怪悖, 嫉惡香娘如仇讎. 香娘旣不得於繼母, 又不容於其夫, 欲依叔父, 則叔父將改嫁, 之歸于其舅, 則舅又令他適, 遂投水死.

死時遇近村樵女, 說其悲懷云. 余招其樵女而問之, 則樵女年十二, 性頗伶俐, 陳其首末甚詳. 十二歲兒, 必無文飾之言, 此其爲實蹟明矣. 其言曰:

九月初六日, 兒取柴於吳泰路傍, 有一年少女人, 從路痛哭而來, 望見兒欣然止哭, 招與握手而言曰: "爾是誰家兒乎?" 兒道以父之姓名, 女曰: "然則汝家距吾村不遠, 可以傳吾言於我父. 今日之逢汝, 天也, 我有無限隱痛, 今當畢說於汝而死矣. 我本某村居某之女, 某村居某之婦名某. 年今二十, 十七而嫁, 嫁時夫年十四, 稚孩無所知識, 待我如讎, 我以爲言幼不解事而然也. 年若長成則必不如是隱忍而度矣. 年稍長而待我愈虐, 至於大杖亂打, 摧髮毀面而歐逐, 舅姑亦不能止. 我不得已還我家, 則我母非生母, 而乃後母也, 常時待我不慈, 見我怒責曰: '旣爲嫁遣, 而又復還來?', 吾何以畜汝乎. 日日叱辱, 有非人理之所堪者. 父見我難容, 送我於叔父家, 幸得數月安接矣.

一日, 叔父謂我曰: '吾何以百年養汝乎. 汝夫永棄, 汝必無更推之

理, 常漢少女, 何以獨居乎. 莫若更適他人云.' 我答曰: '叔父何忍出
此言也. 我雖常漢, 且不行夫婦之道, 而身旣許人, 豈可以夫不良而
更適人乎.' 叔父不悅, 自此待之漸薄, 顯有奪志之意. 我又不得已更
來舅家, 則良人之薄我愈往愈甚. 舅父愍我窮迫, 又勸以他適, 至成
明文而給之. 我以答叔父者答之. 且曰: '舅父若造土宇於籬外以容我,
則我當終身於其中矣.' 舅父不聽, 常戒我以勿污家內. 盖慮我之自經
也. 是以不能決於家, 而投水之計決矣. 雖然, 死不明白, 則父母舅姑
必疑我潛逃適他, 豈不寃甚乎. 今日逢汝, 證我一死, 此所謂天也. 且
雖逢人, 而男兒則不可與語, 壯女則必止我死, 汝則年幼而性慧, 不
能挽我死而必能傳我言於我父, 此又非天幸乎."

仍携兒, 至于砥柱[吉冶隱碑也] 淵上, 解其髢脫其裳與草鞋縛束贈
兒曰: 持此以遺父母, 以證我死之明白, 而且使之覓我屍於淵中也.
然而我死, 爲父母之罪人也. 雖死何面目復見父母乎. 我屍必不出矣.
吾將歸, 見我母於地下, 說此萬端哀怨矣.

語止而慟哭, 良久哭止而唱歌一曲, 將有投水之狀. 兒不勝恐懼,
起自走來, 則其女追至, 挽兒復到淵上曰: "勿怖也. 我敎汝歌一曲, 汝
須記誦, 他日以取柴來此地, 以此歌唱山有花一曲, 則我之魂魄, 必
知汝之來也. 俯視滄浪, 如有洶湧之處, 知我之魂魄遊戲於其中也."
復欲投水還止曰: "一死已決, 而見水猶有懼心, 不忍投, 可憐也, 吾寧
不見水矣." 遂脫其衫, 蒙其面, 使不得見水而後, 一躍而永沒於水中.

樵女歸告其父, 其父卽往覓屍, 凡十四日而不得. 其父無奈何纔歸
家, 而屍浮於波上, 單衫猶蒙於面, 其亦異矣. 其歌曰: '天何高遠, 地
何曠邈, 天地雖大, 一身靡托, 寧投此淵, 葬於魚腹.'

兒之言止於此. 余聞而惻愴, 報於方伯曰: "唯善爲邑, 自古忠孝節

義之士, 代有聞人, 至於畜物, 亦有義死之稱, 而不料無識村氓之女, 有此卓絶之行也, 雖比於古之烈女, 何以加此. 其處事之明白, 就死之從容, 有不可泯滅者, 故敢此牧報, 伏望轉報于朝, 旌表其塚, 以樹烈義之風云.

方伯卽爲啓聞, 則該曹置之, 尙無旌表之擧, 豈不慨然哉. 余惜其名湮滅而無稱, 玆以三綱行實之例, 圖其形而敍其事, 以附義牛圖之下, 俾後之覽者, 知有香娘而其死也烈焉, 噫! 王考之莅此府也, 有義牛焉, 不肖之莅此府也, 有香娘焉, 鄕人皆稱爲異事云爾. 崇禎庚午後七十四年, 辛巳五月日, 府使趙龜祥記.

조구상, 『유현집』[5]

---

5) 같은 글이 『海叢』(冬)(규장각 소장) 중 「傳記類・香娘傳」, 『義烈圖』(국립중앙도서관 소장)에도 있다.

임열부향랑전 林烈婦 薌娘傳

　　박씨 부인의 이름은 향랑으로 농가의 딸이다. 어려서부터 단정하고 깨끗하여 사내아이들과 노는 것을 즐기지 않았다. 어미가 일찍 죽자 아비 박자신은 후처를 얻었는데 그녀는 매우 사나워 항상 부인을 미워하였다. 회초리로 때리며 일을 시키는데도 부인은 더욱 공손하게 삼갔다. 열 일곱 살에 임칠봉에게 시집갔는데 그의 나이 열 네 살이었다. 어려서 부인에게 오만하게 구는 것이 이루 다 형용할 수 없었으나 부인은 낯빛에 드러내지 않고, 남편이 아직 어리기 때문에 알지 못해서 그럴 것이요 오래도록 그렇지는 않을 것이라 여겼다. 그러나 남편 칠봉은 장년이 되어서는 더했다. 자주 부인을 때리더니 끝내 그를 쫓아내어 버렸다.

　　시부모도 아들을 말리지 못하고 부인을 친정으로 보냈다. 계모는 부인을 보더니 화를 내며 말했다.

　　"네가 분명 버릇없이 하여 시댁에 죄를 얻었을 것이다."

　　아비가 딸을 받아들일 수 없으리라 여겨 그를 외가에 보냈다. 몇 달이 지난 후에 외삼촌이 부인에게 말했다.

　　"네가 불행히도 시댁을 잘못 만나 돌아갈 곳이 없게 되었다. 내가 너를 불쌍히 여기기는 하나 너를 평생 이곳에 둘 수는 없다. 너는 상민의 자식이니 마음대로 시집가도 되는데 어찌 오래도록 스스로 고생하고 있겠느냐."

부인이 울며 말했다.

"외삼촌께서는 그런 말씀 마십시오. 저는 듣건대 여자는 두 행실을 하지 않는다 했습니다. 제가 비록 천하고 아는 것도 없으며 또 불행히도 좋은 남편을 만나지 못했지만 이미 몸을 허락했으니 개가할 수는 없습니다. 버림받았다는 이유로 다른 사람에게 가겠습니까. 죽더라도 그 말씀은 따를 수 없습니다."

외삼촌이 화를 내며 부인을 대하기를 점점 소홀히 하였다. 또 다른 사람과 약속하여 부인을 몰래 겁박하려 했다. 부인이 이를 알고 시댁으로 도망쳤으나 남편 칠봉은 부인에게 더욱 사납게 굴기만 했다. 시아비가 불쌍히 여겨 말했다.

"내 아들이 예의가 없어서 가르칠 수도 없다. 또 너와 이미 관계를 끊었는데 네가 온들 무엇하겠느냐. 네 가고 싶은 곳을 따라 가거라. 네 결정을 막지 않고 보내주겠다."

부인이 울며 말했다.

"아버님께서는 어찌 이 같은 말씀을 하십니까. 저는 감히 두 남편을 두지 않기로 결심했습니다. 아버님께서 저를 불쌍히 여기신다면 바라건대 문밖에 조그만 땅을 저에게 주어서 그곳에 거처하게 해 주십시오. 저는 죽을 때까지 그곳에 머물며 감히 떠나지 않겠습니다."

시아비는 안 된다고 하며 속으로 부인이 자결할까 걱정되어 이렇게 말했다.

"내 집을 더럽히지 말거라."

부인이 스스로 생각하니 갈 만한 곳도 없고 차마 구차히 사는 것도 좋지 않은 듯 했다. 스스로 목 찔러 죽자니 시아버지가 싫어할 것 같았다. 이에 탄식하며 말했다.

"아아! 돌아갈 곳이 없구나. 부모는 나를 자식으로 여기지 않고 남편은 나를 아내로 대하지 않으며 시부모님도 나를 며느리로 여기지 않으시니 내가 어떻게 세상에 서리오. 차라리 물가에 가 물결과 함께 깨끗하게 한다면 혼백이라도 부끄럽지 않으리라."

이에 시아버지께 인사하고는 머리를 헤치고 울며 가서 오태강 비 아래에 이르렀다. 마침 여자아이가 나무하러 온 것을 보고 기뻐하며 말했다.

"이제 나는 내 죽음을 명백히 할 수 있겠다."

아이를 앞으로 불러 나이가 몇인지 물으니 열 둘이라 했다. 나이와 함께 그 아이의 성과 사는 마을을 묻고는 말했다.

"너와 내 집은 가까우니 네가 내 말을 전할 수 있겠구나."

그리고는 탄식하며

"내 마음에 원통함이 있어 목숨을 버리려 이 못에 왔단다. 그러나 죽음이 명백하지 않으면 부모님과 시부모님께서 내게 다른 사람이 있나 의심할 것이니 어찌 억울하지 않겠느냐."

하더니 조용히 자신이 다른 이들에게 받아들여지지 않아 스스로 죽으려 하는 상황을 말하였다. 그리고는 아이를 대하여 말했다.

"내가 너를 만난 것은 하늘이 그렇게 해 준 것이다. 만약 내가 남자를 만났다면 같이 이야기를 할 수 없었을 것이요 여자 어른을 만나 이야기했다면 반드시 말렸을 것이니 내가 마음대로 죽을 수 없었을 것이다. 너는 또 지혜로워서 내 말을 전할 수 있을 것이니 내가 너를 만난 것은 하늘이 만들어준 것이다."

함께 지주비 아래에 이르렀는데 그 위에는 길재 선생의 사당과 묘가 있다. 선생은 고려 사람으로 조선이 서자 의를 지켜 출사하지 않았다. 상께서 이를 가상히 여겨 선생에게 밭을 내려 주었는데 선생은 대나무를 심고 곡식을 기르지 않았으니 의연히 고사리를 캐던 풍모6)가 남아 있었던 것이다. 후세 사람이 강 위 언덕에 돌을 세우고 거기에 '지주중류'라는 네 글자를 새겼다. 선생의 절개는 옛날 중국 용문에 있었던 지주와 나란할 만큼 우뚝하다는 뜻을 나타낸 것7)이다. 이때에 부인은 다릿머리와 치마를 풀어서 묶은 뒤 아이에게 주며

"너는 이것을 가지고 돌아가 내가 죽은 까닭을 이야기해 주렴. 늙으신 아버지께서 내 시신을 거두러 오실 것이지만 나는 죽으면 불효를 하게 되는 것이니 어찌 아버지를 뵐 수 있겠느냐. 시신이라도 반드시 나오지 않을 것이다."

---

6) 무왕이 은나라를 치자 백이와 숙제는 신하가 천자를 공격하는 것은 옳지 못하다고 하면서 의롭지 못한 나라의 곡식은 먹을 수 없다 했다. 그들은 수양산에 들어가 고사리를 캐어 먹으며 살다가 죽었다.

7) 중국 하남성 황하의 중류에는 기둥 모양의 돌이 있었는데 세찬 물살 속에서도 우뚝 솟아 있으며 흔들리지 않았다. 이후로는 어지러운 세상에서도 의연히 절개를 지키는 선비의 비유로 '지주중류'라는 말을 사용했다. 용문은 황하의 상류에 있던 산 이름이다. 현재 경북 구미시 오태동에 길재의 지주중류비가 서 있다. 이것은 선조 20년 (1587)에 仁同 縣監 柳雲龍이 고려말의 冶隱 吉再의 충절을 기리기 위해 세운 것이다. 앞면에 중국의 명필 楊晴川의 글씨로 '砥柱中流'라 새겼고 뒷면에는 西厓 柳成龍의 글을 새겼다. 현재 남아 있는 것은 정조 4년(1780)에 다시 세운 것이다.

하더니 말을 마치고는 한참 운 후 노래를 불렀다.

하늘은 높고 땅을 넓은데	天高地遠
나는 어디로 가야하나	我何適兮
강물에 몸을 맡겨	托體江流
고기 뱃속에나 있으리	載魚腹兮

노래를 마치고는 물에 다가섰다. 여자 아이가 두려워하며 달아나려 하자 부인은 말했다.

"겁먹지 마라. 내가 너에게 이 노래를 가르쳐 줄 테니 다음에 이곳에 나무하러 오거든 이 노래를 부르렴. 〈산유화〉 한 곡을 부르면 나는 네가 여기에 온 것을 알 수 있을 거야. 강물이 용솟음 치며 이는 것을 보거든 내 혼백이 없어지지 않았음을 알 수 있을 것이다."

하더니 가서 물에 뛰어들려다가 다시 멈추고 아이를 돌아보며 웃으며 말했다.

"불쌍하구나! 내가 이미 죽기로 결심하여 다시 걸릴 것이 없는데도 물을 보니 오히려 두려운 마음이 생기는구나."

그래서 적삼을 벗어 얼굴을 가리고는 마침내 물에 뛰어들어 죽었다.

여자애가 그 일을 집에 전하였다. 와서 시신을 찾은 지 14일이 되도록 시신은 나오지 않았다. 찾던 이들이 돌아가고 나서야 시신이 떠올랐는데 여전히 소매로 얼굴을 가린 채였고 낯빛은 마치 살아 있는 것 같았다.

부인은 일선부 상형곡 마을 사람이다. 혹은 봉계 사람이니 길재 선생과 같은 마을사람이라고 하기도 한다. 죽을 때의 나이는 스무 살이었다. 죽은 날은 임오년 9월 6일이다. 부인이 죽은 후에 그 일이 마침내 세상에 드러났다. 그 때 조구상이 태수로 있었는데 이를 가상히 여겨 글을 써서 부인의 제사를 지냈다. 그 행실을 보고해 조정에 알리고 그림을 그려 세상에 전했다. 2년이 지난 갑신년(1704년)에 상께서 정려하라는 명을 내리셨다.

전에 길재 선생이 물러나 봉계에 지낼 때에, 늘 책을 읽다가 충신은 두 임금을 섬기지 않고 열녀는 두 남편을 두지 않는다는 부분에 이르면 반복해 읽으며 뜻을 궁구하였다. 이웃의 여자가 때때로 문 아래에 이르러 귀 기울여 듣자 선생이 그 까닭을 물으니 여자가 말했다.

"읽으신 책은 무슨 뜻인지 감히 여쭙습니다."

선생이 그것을 설명해 주자 여자는 기뻐하며 자기 뜻에 맞는 듯 했다. 그 후에 여자의 남편이 변방에 수자리 살러 가자 여자는 문을 닫고 혼자 살았다.

남편이 돌아올 때는 마침 밤이라 문이 닫혀 있었다. 남편이 부르며 문을 열라 하자 여자는 안 된다고 했다. 남편이 말했다.

『의열도』 소재 약가 부분

"남편이 멀리서 돌아오면 다른 집에서는 모두 신발을 거꾸로 신을 정도로 급히 달려나와 맞이하는데 당신만 문을 닫고 있는 것은 무슨 까닭이오?"

여자가 말했다.

"그렇습니다. 저는 진실로 당신을 기다렸습니다. 그러나 제가 듣기로 여자는 밤에 삼가 남을 들여서는 안 된다 합니다. 제가 이미 이 문을 닫았으면 밤에는 열지 않습니다. 오직 다음날에야 열 것입니다."

마침내 문을 열지 않았다. 사람들은 이런 까닭으로 이 여자가 선생의 영향을 받았다고 여겼다.[8]

선산 동쪽 문수점에 농민 김기년이 암소 한 마리를 기르고 있었다. 하루는 밭에 나갔는데 호랑이가 소를 잡아가려 했다. 기년이 손에 든 쟁기와 보습으로 그것을 치자 호랑이는 소를 버려두고 사람을 쫓아왔다. 기년은 호랑이를 상대하지 못하고 오직 두 손으로 물지 못하게 막을 뿐이었다. 이때에 소가 크게 울부짖더니 분을 내어 앞으로 달려들며 들이받으니 호랑이가 견디지 못하고 버리고 숲으로 도망가려 했다. 소는 마침내 호랑이를 들이받아 쓰러뜨리고 났는데도 아무 상처 없이 평상시 같이 일을 하고 여물을 먹을 뿐이었다. 기년은 상처를 입고 돌아온 지 20일만에 그것이 심해져 장차 죽게 되었다. 이 때 가족에게 말했다.

---

8) 이 여자는 藥哥이다. 그녀가 남편을 기다리며 밤에 문을 닫고 있다가 남편이 밤에 왔어도 밤이라 하여 문을 열어주지 않았다는 것은 이 지방에 널리 알려진 이야기이다. 『일선지』에 보인다.

"아! 나를 호랑이에게서 벗어나게 해 준 것은 소이다. 내가 죽어도 팔아버리지 말아라. 늙어 죽거든 반드시 내 묘 곁에 묻어다오."

기년이 죽자 소는 물과 여물을 먹지 않고 사흘 동안 슬피 울다가 죽었다. 그 집에서 이 소를 묻어 주었다.

기이하도다! 이 때에 조구상의 할아버지인 조찬한이 선산부사였는데 이것을 기이하게 여겨 그 소의 일을 그리고 이를 의우(義牛)라 하여 그것을 위해 서문을 지었었다. 그로부터 73년 후에 손자 조구상이 이어서 이곳의 태수가 되었을 때 임열부의 일이 생겼으니 사람들은 이를 기이하게 여긴다.

야사는 말한다.

내가 일찍이 남쪽을 돌아다니다 이른바 금오산에 푸른 벼랑이 우뚝한 것을 보았었다. 기이하도다! 오산을 이르러 길재의 사당을 배알했는데 대나무 숲에 바람 소리가 쓸쓸하여 특별한 느낌이 있었다. 동으로 앞 누각을 따라 아래로 강물을 굽어보니 잘 다듬은 돌비석이 있는데 높이가 여러 장(丈)이었다. 그곳에 새긴 '지주중류' 라는 네 글자는 획이 손바닥만하게 컸다. 바야흐로 길재가 금오산에 은거하고 있을 때 선산 사람인 김주(金澍) 선생도 중국에 사신으로 갔다. 돌아오다 압록강에서 배를 돌려 버렸으니 아마 두 왕조를 섬길 수 없다는 의리에서였을 것이다.[9] 금오산과 낙동강 사이는 옛날부터 절의(節義) 있는 남자들이 많았는데, 여자들도 속 좁지 않고 짐승들도 어리석지 않다고들

---

9) 김주가 중국에 사신 갔다가 고려가 망했다는 소식을 듣고는 의롭지 못하다 하여 다시 돌아오지 않고 중국에서 일생을 마친 것은 『一善志』에 잘 나타나 있다. 각주 46번 참조 바람.

한다. 내 생각에는, 천지의 바른 기운이 이 땅에 모여서 이런 정신을 기르되 사람과 동물, 남자와 여자, 귀한 이와 천한 이의 구별이 없이 한 것이요, 여러 선생께서 남긴 풍교(風敎)와 의열(義烈)이 고금을 진동시켜 서로 감화를 일으킨 까닭인 듯 하다. 그렇지 않더라도 임열부가 지주비 아래에서 죽은 것은 얼마나 기이한가. 조태수가 글과 그림으로 그 일을 세상에 전한 것은 교화를 앎이로다. 내가 그런 까닭으로 그 일을 늘어놓고 내가 듣고 본 것을 이와 같이 덧붙이니 나중에 살펴보는 자가 흥기됨을 알 것이다.

婦朴姓名香娘, 農家子也. 幼而端潔, 不喜與男兒遊, 母蚤死, 父自新有後妻, 罵常疾惡娘, 箠楚使之, 娘愈恭謹. 十七歸于林夫名七逢年十四, 稚而驚視婦無狀, 婦不以見諸色, 謂夫年幼無知識, 久必不然, 逢旣長愈益甚, 數笞擊婦捽歐逐之.

其舅姑無以禁逢遣婦. 母見婦歸, 怒曰: "女必無狀, 迺得罪夫家." 父度不容, 送之母家. 居數月, 其母兄弟謂婦曰: "女不幸不得於夫, 無所歸, 吾憐汝, 不能處女平生, 女常人子, 從意所適, 何爲久自苦乎." 婦泣曰: "公無出此言, 妾聞女不二行, 妾卑微無所知, 又不幸遇人之無良, 然已許身矣, 不可以改, 其以見棄之故而二吾行乎. 死而無從." 其母兄弟怒, 遇之漸怠, 且約人潛脅婦, 婦覺之亡走夫家, 逢盛怒以待之. 舅悶然憐之曰: "吾兒無義, 不可以敎. 且與女絶, 女來何爲乎. 從女所之, 不止女誓而遣之." 婦泣曰: "大人何爲出此言. 妾矢不敢二其行, 大人憐之, 幸賜門外隙地, 以居妾, 妾以死留, 不敢去." 舅不可, 心恐婦自裁, 迺曰: "無汚我家爲也."

婦自念, 無可往, 忍詢苟生, 慮有不善, 意欲自到, 舅亦惡之, 乃歎曰: "烏呼! 其無歸也. 夫父母不以我爲子, 夫不以我爲妻, 舅姑不以我爲婦, 我何以立於世乎. 寧赴江流, 與之同潔, 魂魄不愧矣." 乃謝舅, 披髮行哭, 至吳泰江干, 適見童女採薪, 喜曰: "我可以明吾死也." 召使前問其年十二矣, 與之語族姓鄕里曰: "女與我家近, 女可以傳吾言乎." 歎曰: "我有隱痛於中, 舍命赴淵. 然死而不明言, 父母舅姑疑我有他, 豈不寃乎." 因從容道其不容於人, 所以自死狀, 乃於邑曰: "我之遇女, 天也. 使我遇男子不敢言, 遇壯女言之必止, 我之死不得自由. 女又慧有以傳我之言, 我之遇女天也." 相與至砥柱碑下, 其上有吉先生祠與墓. 先生高麗人, 國家受命, 守義不出, 上嘉之賜先生田, 先生以種竹不粟也, 凜然採薇遺風矣. 其後人立石江上斷岸, 刻之砥柱中流四字, 其意以先生之節, 可與龍門之砥柱並高云. 於是婦解髻脫裳衣, 純束以與女子曰: "女持此歸, 言我所以死, 有老父來, 收吾屍, 然我死爲不孝子, 何以見吾父, 屍必不出." 言訖, 哭良久, 乃作歌曰: '天高地遠我何適兮托體江流載魚腹兮', 歌卒赴水. 女子恐而走, 婦曰: "勿怖也. 我敎女此歌熟, 異日採薪於此, 以此歌, 歌山有花一曲, 我知女來, 思江水沸湧波起, 女知我精靈不歿也." 乃去將沈, 還止顧女子笑曰: "可憐也, 我已決死無所顧, 然見水, 猶有懼心." 於是, 脫衫蒙面, 遂投水死. 女子傳其事於其家. 自新來尋婦屍十四日, 屍不出. 旣去乃出, 猶蒙袂顔色如生.

婦一善之上荊谷里人也, 或曰鳳溪人, 與吉先生同里云. 死時年二十, 其死之日壬午九月六日. 婦死之後, 其事遂顯聞于州. 時趙龜祥爲守, 嘉之爲文祭婦, 狀其行聞于朝, 圖畫以傳世, 越二年甲申, 上命旌閭.

始吉先生退居鳳溪, 每讀書至忠臣不事二君, 列女不更二夫, 三復致意, 鄰有女子輒至門下, 傾耳聽之, 先生問其故, 女子曰: "敢問所讀書, 何意?" 先生爲解之, 女子欣然, 若會其意. 其後, 女子有夫戍邊, 女子閉門獨居. 及夫還會夜門閉. 夫呼令開門, 女子不可. 夫曰: "良人遠來, 人家皆顚倒以迎, 汝獨閉門, 何也?" 女子曰: "然吾固望子. 然吾聞女子愼夜不出入人. 吾旣閉此門, 夜不開也, 猶有明日." 遂不開門. 人以是女爲聞先生風者.

善之東有文殊店, 農人金起年畜一牝牛. 一日往于田, 虎攫其牛, 起年手耒耟以搏之, 虎舍牛而從人, 起年無以應虎, 惟兩手抗其吻. 於是牛大呼 奮前角之, 虎不能支, 舍而走林中. 牛竟觸斃其虎, 牛無所傷, 猶服役飮吃自若. 起年病創歸二十日, 創甚將絶, 語其家人曰: "噫! 使我免於虎口者, 是牛也. 我死勿賣, 老斃必瘞吾墓傍." 起年旣死, 牛絶水莝, 哀鳴三日乃死. 其家葬之.

異哉! 時龜祥祖纘韓爲府使, 奇之畫其牛, 號曰義牛, 爲之序. 其後七十有三年, 龜祥繼爲守, 有林烈婦事, 人奇之.

野史曰: 余嘗南遊, 觀所謂金烏山蒼峭壁立, 異哉! 過詣吳山, 謁吉子祠, 竹林中風蕭然, 有曠世之感, 東循前臺, 下俯江流, 摩挲石碑, 高數丈, 所刻砥柱中流四字, 畫大如手. 方吉子之隱烏山, 金先生澍亦一善人, 奉使上國, 還至江回軷, 蓋義不事二姓云. 烏山洛江之間, 自古多節義男子, 人言女性齒獸性蠢未爾. 吾意天地之正氣, 華于玆土, 鍾英毓秀, 無間於人物男女貴賤, 與抑其諸先生之遺風餘烈, 振動今古相感奮有以也. 不然, 林烈婦之死於砥柱碑下, 何其奇也. 趙守記畫而傳之世, 其知敎哉. 吾故列其事, 附以所聞見如是, 後之覽者, 知所興起焉.

이광정(李光庭), 『눌은집(訥隱集)』20권

정녀 상랑의 일을 쓰다 書貞女尚娘事

정녀 상랑은 선산 상형리 사람이다. 성은 박(朴)이요 아비는 자신(自身)으로 농사를 지었다. 어미는 죽었다. 계모가 자못 포악하게 그녀를 일 시켰으나 상랑은 그를 섬기기를 더욱 삼가 따르지 않은 적이 없었으므로 마을 사람들이 모두 기이하게 여겼다.

17살에 같은 마을 사람 임칠봉에게 시집갔다. 남편은 나이가 어리고 성품이 포악하여 상랑을 매우 박대하며 날마다 때리고 욕하였다. 부모도 아들을 아껴서 금하지 못하였다. 상랑이 그 고통을 견디지 못하고 친정으로 돌아오니 어미가 욕하며 말했다.

"네가 이미 시집을 갔으면서 다시 여기서 얻어먹어 부모에게 누를 끼치는구나."

상랑은 공손하게 사죄하며 다만 자기의 운명이 기박한 것을 탄식할 뿐 끝내 남편을 원망하지도 않고, 항상 왕래하며 시부모를 보살폈다. 남편은 상랑을 보면 번번이 몽둥이를 잡아 쫓았으나 상랑은 오히려 지어미의 도를 잃지 않았다.

일년 남짓 지나자 아비도 계모와 같이 끝내 그녀를 받아주려 하지 않더니, 그녀를 숙부댁으로 보냈다. 숙부는 그녀에게 잘 대해 주었다. 상랑이 몇 달을 머물렀을 때 숙부가 조용히 상랑에게 말하였다.

"임씨 집에서 너를 매우 박대하여 의리상 다시 온전해 질 수도 없는데, 네 나이 꽃 같이 젊으니 어찌 반드시 스스로 고생하느냐. 또 우리들은 소인(小人)들이니 어찌 절의(節義)를 알겠느냐. 너는 개가(改嫁)하는 것이 좋겠다."

상랑이 화가 나 얼굴색이 변하며 말했다.

"숙부께서는 어찌 이런 말을 하십니까. 여자가 이미 몸을 허락해 남을 섬겼으면서 어찌 두 마음을 품겠습니까. 내가 차라리 죽을지언정 이런 말씀을 듣고 싶지 않습니다."

마침내 시댁으로 달려갔으나 시아버지도 개가하라는 뜻으로 타일렀다. 상랑은 눈물을 흘리며 한참 있다가 앞서 했던 것과 똑같이 대답하였다. 시아버지는 상랑이 죽으려 하는 것을 알고 말했다.

"그렇다면 다만 내 집을 더럽히지는 마라."

어느 날 상랑은 새벽에 일어나 지주비 아래로 가서 그 물에 몸을 던지려다가 길에서 나무하는 여자 아이를 만났다. 함께 못 위쪽으로 가서 상랑이 손수 자기의 다릿머리와 치마, 신발을 벗어서 그에게 주며 말했다.

"나는 상형리 박자신의 딸이요 임칠봉의 처이다. 올해 나이는 스물이지. 17살에 시집갔는데, 임씨 신랑은 나를 원수처럼 보았다. 내가 숨기고 참으며 죽지 않았던 것은 오히려 신랑이 한순간에 갑자기 깨달아 바뀔까 해서였다. 이제 아버지와 숙부께서 또 내 뜻을 빼앗으려 하니, 여자가 죽을지언정 어찌 두 집에서 밥을 먹을 수 있겠는가. 내가 장차 푸른 물결에 빠져 죽음으로써 내 뜻을 보이려는데, 부모님과 시부모님께서 혹 내가 몰래 도망갔을 걸로 의심할까 걱정이었다. 이제 너를 만났으니 하늘이 도와주신 것이다. 내가 죽거든 너는 이것을 가지고 내 부모님께 드려서 내가 이 못에 빠져 죽었다는 것을 밝혀다오. 나는 내 어머니를 따라 저승에 내려 가런다."

말을 마치고 통곡하였다. 울음을 그치고는 〈산유화〉 한 곡을 부르더니 마침내 그 곡을 알려 주며,

"내가 죽은 후에 내 혼백은 이 곳에서 노닐 것이다. 바람에 파도가 치는 것을 보거든 이 노래를 불러 내 혼백을 위로해 주렴."
하고는 물가로 다가가 한참을 보더니 이에 탄식하였다.

"한번 죽으면 그만일 뿐이라 여겼는데 깊은 물을 보니 다시 겁이 나는구나."

마침내 적삼을 벗어 얼굴을 가리고 몸을 날려 물에 뛰어들었다. 이 때는 임오년 9월 6일이었다.

여자 아이가 달려가 아비 박자신에게 알리니 아비가 통곡하며 마을 사람들을 데리고 와 시체를 건져내려 했다. 14일만에야 비로소 찾았는데 얼굴빛이 꼭 살아있는 것 같았고 여전히 적삼으로 얼굴을 가린 채였다. 부사 조구상이 그 일을 써서 올리니 조정에서 정려를 내리라 명하였다.

아아! 상랑은 궁벽한 시골의 한 여자이니 평소 어찌 『시경』이나 『예기』를 배우고 어미의 훈계를 들었을 것인가. 그런데도 대의를 알아 우뚝 스스로 서서, 죽는 것을 그저 돌아가는 것처럼 여기며 자신의 뜻을 밝혔다. 진실로 타고난 성품이 곧은 것이 아니라면 어찌 이렇게 할 수

있었겠는가. 같은 시대에 살던 문사들이 상랑의 일을 듣고 다투어 시
가를 지어 그것을 노래하였다. 나도 들은 것을 대강 늘어놓아 이와 같
이 쓴다. 그 죽을 때의 모습을 상상할 때마다 내가 일찍이 눈물을 흘리
지 않은 적이 없었다. 죽음에 나아가기를 명백하고 조용히 한 것은 비
록 지식 있는 군자라도 어찌 이보다 더 낫겠는가. 그렇다면 상랑은 남
보다 훨씬 더 어진 것이다.

貞女尙娘者, 善山上荊里人也. 姓朴氏, 父自申業農, 母死, 後母頗
悍虐使之, 尙娘事之益謹, 未嘗有不遜, 村人咸異之.
　十七嫁于同里, 林氏子名七奉, 年幼性獰頑, 待尙娘甚薄, 日歐辱
之, 父母亦愛其子, 不爲楚. 尙娘不堪痛苦, 還至父家. 母詈曰: "若已
嫁矣, 乃更以口腹, 累父母耶." 尙娘遜語以謝之, 但自歎命薄而已, 終
不怨其夫, 常往來省舅姑. 其夫見之, 輒操杖逐之, 然尙娘愈不失婦
道焉.
　居歲餘, 其父如後母終不肯容, 遣之叔家. 叔待之厚, 尙娘仍留數
月, 叔從容謂尙娘曰: "林家之薄汝甚矣, 義不可復全, 汝年如花, 何必
自苦乃爾. 且吾儕小人, 安知節義, 汝可以改志矣." 尙娘怫然變色曰:
"叔何出此言也. 女子旣以身事人, 豈有二哉. 吾寧死, 不願聞此言
也." 遂走夫家, 其舅又諭以改適之意. 尙娘涕泣良久, 答之如前言.
其舅知尙娘有死志曰: "然則但勿汙吾家也."
　一日尙娘晨起, 走砥柱碑下欲投水, 路遇童女採薪, 與之偕往潭上,
尙娘手解其雙鬟, 幷一布裙一草履以授之曰: "我上荊里朴自申之女,
林七奉之妻也. 今年二十矣. 十七而嫁, 林郎視我如仇, 吾所以隱忍
不卽死者, 尙冀林郎一旦翻然有悟也. 今父叔又欲奪我志, 女子死耳,

寧可吃兩家飯乎. 吾將赴淸流之波, 以見吾志, 恐父母舅姑或疑我潛
逃而去. 今遇汝, 天也. 我死, 汝持此以遺我父母, 以明我死此潭水,
吾下從吾母于九泉耳." 言訖大哭, 哭已又歌山有花一曲, 遂傳其曲
曰: "我死後, 魂魄亦當游此地也. 汝見風濤洶湧, 歌此曲以慰我魂魄
也." 臨水孰視, 乃歎曰: "一死決耳, 見深水乃復惻耶." 遂脫汗衫蒙其
面, 卽奮身赴水. 時壬午九月六日也.

童女犇告自申, 自申號哭而往, 率里人撈其屍. 十四日始得, 顏色
如生, 尙以汗衫蒙面也. 府使趙龜祥陳其事以上, 朝廷命之旌閭.

嗚呼! 尙娘窮鄕一女子也, 平日豈有詩禮之敎, 保姆之訓哉. 能通
知大義, 卓然自立, 視死如歸, 以明其志, 苟非天性貞烈, 其何能如是
哉. 一時文士聞尙娘事者, 爭爲歌詩以詠之, 余亦略述所聞, 書之如
此, 而每想其死時狀, 余未嘗不涕下也. 其就死明白從容, 雖有識君
子, 何以過此. 然則尙娘之賢於人者遠矣.

이하곤(李夏坤)10), 『두타초(頭陀草)』16권

---

10) 李夏坤(1677, 숙종3~1724, 영조즉위년): 조선 후기의 문인화가로 본관은 慶州, 자
   는 載大, 호는 澹軒 또는 鷄林이다. 당시 文衡의 자리에 있던 李寅燁의 아들이다.
   1708년 진사에 올라 벼슬을 제수 받았으나 나아가지 않고 고향 진천에서 학문과
   서화에 힘썼다. 특히 그가 가진 장서가 1만권이 될 정도로 유명한 장서가였다. 여
   행을 좋아하여 전국 방방곡곡을 두루 여행하였고, 불교에도 관심을 두어 각 사찰과
   암자를 찾아다녔다. 방랑시인 李秉淵, 서예·문장으로 유명한 尹淳, 화가였던 鄭
   敾·尹斗緖와 깊은 교유를 나누었다. 그 문집에 남아 있는 윤두서의 자화상과 『공
   재화첩』에 대한 기록, 정선의 그림에 대한 여러 평가, 당대 및 중국의 화가들에 대
   한 평 등은 오늘날에 매우 중요하게 평가된다. 『頭陀草』18권이 전한다.

열부 상랑전 烈婦尚娘傳

열부 상랑은 선산 평민의 딸이다. 어려서부터 곧고 굳세며 단아하고 깨끗하여 남과 더불어 희롱하는 일로 놀지 않았고 계모에게 효도로 대하였다. 어미가 비록 상랑을 대하기를 매우 박하게 하였어도 상랑은 번번이 부드럽게 그를 받들었다. 장성하여 결혼을 하였는데 그 남편의 성품이 괴팍하여 상랑을 보기를 원수와 같이 하면서 때리고 욕하기를 매우 심하게 하였다. 상랑의 시부모도 그를 막지 못하였고 또 상랑을 싫어하기를 그 아들과 같이 하여 상랑을 을러 집으로 돌려보냈다. 아비가 개가시키려고 동생을 시켜 은밀히 돋우어보게 했다. 상랑이 이에 굳센 말로 거절하고 다시 시댁으로 돌아갔다. 시아비가 또한 말했다.

"네 남편은 끝내 너를 도리에 맞게 대우하지 않고 또 네 나이 젊으니 네가 어찌 다른 곳에 시집가지 않느냐."

상랑이 울며 대답하였다.

"이 무슨 말씀이십니까. 비록 남편의 나이 어리고 저를 대우할 지도 모르기를 이와 같이 하지만 이 몸을 이미 남에게 허락했으니 제가 차라리 죽을지언정 이런 말씀을 듣고 싶지는 않습니다."

상랑이 남편의 어질지 못함과 부모와 시부모가 자신을 사랑해 주지 않음을 원망하였다. 원통함과 괴로움으로 원망이 맺혀서 항상 살고자

하지 않았으나 몰래 숨기고 살았던 것은 남편이 한 번 돌아봄을 바라서였으며, 부모와 시부모는 그것을 불쌍히 여겼다. 그러나 남편이 그 악함을 고치지 않으므로 부모와 시부모가 좇아 상랑의 뜻을 앗으려 하였다. 상랑은 비록 죽으려 하지 않더라도 다시 어떻게 하겠는가.

이에 상랑이 강에 빠져 죽으려고 홀로 지주비 아래에 이르렀다. 지주비라는 것은 고려 충신 길재 선생의 비이다. 이 때에 어떤 한 여자가 강가에서 나무를 하고 있었다. 상랑이 울며 여자에게 말하였다.

"내가 너를 만난 것은 하늘이 그렇게 해 준 것이다. 내게 지극한 아픔이 있으니 내 장차 모두 말하고 죽으리라. 나는 아무개 마을 아무개의 부인이며 내 이름은 아무개요 나이는 20살이다. 열일곱에 시집갔더니 남편은 어리고 어리석기가 이를 데 없어 나를 대하기를 원수와 같이 하여 심지어 머리채를 잡고 얼굴을 할퀴기까지 하였다. 내 부모와 시부모께서 또 내 뜻을 앗으려 하시니 내가 죽지 않고 무엇을 기다리겠는가. 나는 죽지만 죽음이 만약 사람들에게 밝히 알려지지 않는다면 부모와 시부모께서 반드시 내가 도망하여 멀리 다른 데에 시집갔다고 의심하실 것이니 어찌 원통하지 않으랴. 오늘 너를 만난 것은 진실로 하늘이 해 주신 것이다. 또 비록 너를 만났는데 네가 여자가 아니었다가 내가 함께 이야기하지 못하였을 것이요 나이가 많은 어른이었다면 반드시 내가 죽는 것을 말렸을 것이다. 그런데 너는 어리면서도 성품이 자못 지혜로우며 사는 곳이 또 우리 집과 가까우니 내 말을 부모와 시부모에게 전해 줄 수 있을 것이다. 이 또한 어찌 하늘이 준 것이 아니냐."

인하여 다릿머리를 풀고 치마를 벗어서 신발과 함께 그 여자에게 주며 말했다.

"이것을 우리 부모님과 시부모님께 드려서 내 죽음을 밝혀다오. 부모와 시부모께서 불쌍히 여겨 내 시체를 찾으실 것이나 내가 물에 빠졌다가 뜨면 내 원망하는 모습을 보이게 될 것이다. 내가 너를 위하여 노래 하나를 부를 것이니 너는 잊지 말아 다오. 다음에 강에 와서 그것을 부르면 내가 마땅히 알 수 있을 것이다. 아아! 한 번 죽기로 굳게 이미 결심했는데도 물을 보니 오히려 두려운 마음이 생기니 불쌍하도다."

마침내 적삼을 취하여 얼굴을 싸고 물에 빠져 죽었다. 여자가 마침내 돌아와 그것을 매우 자세하게 전하였다. 상랑의 부모와 시부모가 가서 상랑의 시신을 찾으니 과연 상랑의 말과 같았다. 이 때에 관찰사가 듣고 그를 의롭게 여겨 조정에 아뢰니 상께서 그 마을에 정려하라고 명하셨다. 상랑의 성은 박씨라고 한다.

논하여 말한다. 옛날에는 여자의 교육이 갖추어졌었다. 스승이나 보모의 경계나 시서도사(詩書圖史)의 가르침이 있어서 노리개를 차고 수건을 두루는 것에까지 예가 있지 않음이 없었다. 이런 까닭에 의를 행하여 절개를 지키는 사람이 귀인·거족(貴人鉅族)에서 많이 나왔었다. 우리나라 각 지역 읍지를 보면 종종 한미한 자손과 궁벽한 땅의 사람들 중에도 물가에서 몸을 던지는 기이하고도 높은 행실이 이어지는데, 귀인이나 거족은 도리어 보이는 것이 드무니 내가 저윽이 이상하게 여겼다. 아아! 상랑도 궁벽한 시골의 천한 부인일 뿐인데 몸을 닦고 행실을 깨끗이 하여 조용히 죽음에 나아가기를 이와 같이 하였다. 상랑 같은 사람은 어찌 천성으로 얻은 것이 아니겠는가. 아아! 어찌 스승에게 시서를 배운 것으로 말미암은 것이겠는가.

　烈婦尙娘, 善山良家女也. 幼而貞莊端潔, 不與人遊戲事, 後母以孝, 母雖待娘甚薄, 娘輒婉柔以承之. 及長而嫁, 其夫性悖戾, 視娘如仇讐, 歐辱無不至. 娘之舅姑不惟不能止之, 又疾惡娘如其子, 劫娘歸家. 其父欲改嫁, 令其弟微挑之. 娘乃峻辭以却之, 復歸于舅姑. 舅亦曰: "汝夫終無見汝理, 且汝年少, 汝何不他適." 娘泣而對曰: "是何言也. 雖夫年少, 無所識待我, 至於此, 此身已許人, 吾寧死而不願聞此言也." 尙娘怨其夫之無良也, 父母舅姑之不我愛也, 阨困寃鬱, 常不欲生, 而隱忍以處者, 冀夫之一顧, 父母舅姑之憐之也, 而夫不改其惡, 父母舅姑從而欲奪其志. 尙娘雖不欲死, 復何爲哉.

　於是, 娘欲投江而死, 獨身至砥柱碑下. 砥柱碑者, 高麗忠臣吉先生之碑也. 時有一女子, 方薪於江上, 娘泣謂女子曰: "我之遇汝, 天也. 我有至痛, 我將畢辭而死. 我乃某里某之婦, 我名某, 我年二十也. 十七而嫁, 我之夫, 稚騃無所識, 待我如仇讐, 至擢髮毁面. 我父母舅姑又欲奪我志, 我不死奚待焉. 我死而死若不明於人, 父母舅姑必疑我脫身遠適, 豈不寃乎. 今日之遇汝, 實天也. 且雖遇汝, 汝非女子, 我不可與語, 年長則必挽我死, 而汝幼性頗慧, 居又隣我家, 足以傳我言於父母舅姑, 斯又豈非天乎." 因解其髻, 脫其裳與鞋遺其女曰: "以此遺我父母舅姑, 以明我死. 父母舅姑憐而求我尸, 我當泅而出以見我寃狀. 我爲汝歌一闋, 汝母忘也. 他日至江而歌之, 我當有知也. 嗟呼! 一死固已決, 見水猶有怖心, 可憐也." 遂取衫, 蒙其面, 溺死. 女子遂歸而傳之甚詳, 娘之父母舅姑, 往求娘屍, 果如娘言. 於是, 觀察使聞而義之, 聞于朝, 上命旌其閭. 娘姓朴氏云.

論曰: 古者, 女敎備矣. 有師傅保姆之戒詩書圖史之訓, 至於珩佩巾帨, 靡不有禮. 是以蹈義守節者, 多出於貴人鉅族. 及覩東國州郡誌, 往往遐裔僻壤, 投匡赴河, 奇巍卓絶之行接跡也. 貴人鉅族, 反鮮覿焉, 余竊異之. 嗚呼! 娘亦窮閻賤婦耳, 能修身潔行, 從容就死, 如此. 若娘者, 豈非得於天者耶. 噫! 豈盡由師傅詩書之敎也哉.

김민택(金民澤)[11), 『죽헌집(竹軒集)』 2권

---

11) 金民澤(1678~1722, 숙종48) : 자는 致中 호는 竹軒이며 본관은 광산이다. 1712년 처음 익릉참봉의 벼슬로 시작하여 이루 여러 벼슬을 지냈다. 그러나 1720년 경종의 즉위 후 소론인 이진검, 이진유 등이 김민택의 형 運澤을 탄핵하자 형의 용서를 청하는 상소를 올린 후 모든 벼슬을 내어 놓았다. 1722년 신임사화로 선천에 유배 된 후 다시 투옥되었다가 결국 감옥 안에서 죽어서 김제겸이나 조성복과 함께 辛壬三學士로 일컬어진다. 사후 1741년에야 관직이 회복되었다. 문집으로는 『죽헌집』 5권이 있다.

열녀 향랑전 烈女香娘傳

　내가 짬이 있을 때 일찍이 유향이 편찬한 『열녀전』을 자세히 보았는데, 여러 나라의 풍(風)을 쓴 『시경』과 태사공 부자가 대를 이어 가며 쓴 『사기』에도 기록되지 않은 것이 많았다. 그 일은 종종 뜻 있는 인사나 어진 사람의 비난하는 바가 되었다. 속으로 저윽이 의심하기를 전국시대나 선진시대 이래 문인 중에 남의 말하기 좋아하는 자가 꾸민 일이지 거의 사실이 아닐 것이라 여겼다. 그러나 선산 열부의 일을 들은 후로는 유향이 입전한 것이 과장이 아님을 믿게 되었다. 아아! 죽고 사는 것은 또한 큰 일인데 저 화장하며 비녀를 꽂으며 향주머니를 차는 여인이 도리어 저와 같은 열(烈)하였구나. 내가 이것에 감동하여 열녀전을 짓는다.

　열녀의 이름은 향랑이며 영남 선산 지방 사람이다. 어려서부터 성품과 행실이 매우 단정하고 깨끗하여 마을의 아이들을 따라서 놀지 않으니 사람들이 이상하게 여겼다. 열 여섯 살에 시집갔는데 남편의 성품이 매우 괴팍하여 부부의 도를 지키지 않았다. 날마다 욕만 하니 향랑이 속으로 몇 년을 참다가 끝내 받아들일 수 없어 친정으로 돌아왔다.

　흉년이 들어 죽도 계속 먹지 못할 지경이 되자 어미가 아침저녁으로 욕하였다.

"너는 이미 시집갔으면서도 왜 나를 괴롭게 하느냐?"

아비가

"너 정도면 어느 집엔들 가지 못하겠느냐. 왜 스스로 이같이 괴롭게 하느냐?"

하며 개가하기를 권하자 향랑은 머리를 자르고 몸을 상하게 하면서 그렇게 하지 않겠다고 맹세하니 잠시 일을 놓아두었다. 친정에서도 받아들여지지 않자 숙부에게 가서 의지하였다. 숙부가 처음에는 자못 위로해 주며 먹여 주었으나 조금 지나자

"네가 어느 집엔들 살지 못한다고 이와 같이 고생하느냐?"

하며 개가하기를 권하자 또 받아들여지지 못한 채 시댁으로 다시 돌아갔다. 시아버지가 말했다.

"아들의 패악함이 심해져서 가르칠 수가 없다. 네가 어느 집엔들 가지 못하겠느냐. 왜 이렇게 고생하느냐?"

시아버지가 개가하기를 권하였다. 또 받아들여지지 못하자 향랑은 이제 갈 곳이 없었다.

이에 하늘을 우러러 울며 말했다.

"부모에게도 용납되지 못하고 시댁에서도 받아들여지지 않는 것을 보니 운명인가보다. 내가 살아 뭣하겠는가."

이에 낙동강 아래 지주연으로 가서 물에 빠져 죽으려 했다. 마침 나무하는 여자아이를 만나자 그 손을 잡고 말했다.

"만약 네가 남자였으면 내가 너와 이야기하지 못했을 것이요, 네가 만약 어른이었다면 마땅히 내가 죽는 것을 말렸을 게다. 이제 너는 여

자이고 어리면서도 지혜로워, 내 말을 전할 수 있으면서도 내가 죽는 것을 말리지는 못할 것이니 다행이다."

이에 오열하며 눈물을 흘리면서 앞뒤의 원망 많고 곤란하였던 사정을 줄줄이 말했다.

"내가 죽은 후에 우리 부모님께서 내가 몰래 도망갔다고 의심하시면 죽어도 원통함이 남을 것이다."

인하여 머리 장식과 신발 두 짝을 벗어 주며 말했다.

"네가 이것을 가지고 우리 아버지께 돌아가 내가 죽었다는 것을 밝히 아시게 해 다오."

또

"내가 죽는 것은 어쩔 수 없는 것이나 부모님께는 죄를 짓는 것이니 장차 무슨 면목으로 얼굴을 뵙겠느냐?'

하고는 〈산유화〉 한 곡조를 부르니 그 소리가 매우 슬펐다. 노래를 마치고는 그 여자아이에게 부탁하였다.

"네가 다음에 이 물가에 와서 이 노래를 부르다가 물결이 요동치는 곳을 보거든 내가 와서 네 노래를 듣는 줄 알아라."

말을 마치고 일어서니 나무하는 아이가 장차 죽으려 하는 줄 알고 울었다. 향랑이 말했다.

"울지 마라."

아이가 울면서 쳐다보지 못하니 향랑도 울면서 함께 이별했다. 옷을 벗어 얼굴을 가리고 물에 뛰어들어 죽었다.

나무하는 아이가 울면서 돌아와 다릿머리와 신발을 아비에게 돌려 주며 향랑의 말을 전하였다. 아비가 놀라 달려가 시신을 찾았으나 여러 날이 지나도록 찾지 못하였는데, 아비가 돌아가자 시신이 곧 물 위로 떠올랐다. 대개 서로 대면하지 않으려 했던 까닭이다. 이 소식을 들은 사람이 더욱 슬퍼하였다. 이 사실이 알려지자 방백이 그 부모와 시아버지와 남편을 죄주었고, 조정에서는 정려를 내려주었다.[이 일은 숙종 중엽의 일이라 한다.]

찬한다. 역사는 말하기를 고려 주서(注書) 야은 길재가 충성스러워 금오산에 숨어 삶을 마쳤다 하니, 선산의 절열(節烈)은 유래가 오랜 것이다. 이제 향랑의 정절로 강에 빠져 들 지경까지 갔는데도 결심을 바꾸지 않았으니, 대개 아직도 야은 길재의 유풍이 있는 것이다. 길재 선생은 단호히 말하길, '충신은 두 임금을 섬기지 않고 열녀는 두 지아비를 따르지 않는다' 하였으니 장래에 남의 신하가 되고 부인된 사람을 감화시키는 바가 있다. 저 의관을 갖추고 띠를 두른 사내도 이익에 임하여는 본래 지키는 원칙을 잃어버리는데, 향랑의 이야기를 듣는다면 또한 조금은 부끄러울 것이다. 무신년 늦여름에 쓴다.

경모각(敬慕閣) : 채미정 옆에 세워 길재를 기리는 곳이다. 옆의 사진은 경모각 안에 있는 길재의 영정(影幀)이다.

余間嘗攷劉向所撰次烈女傳, 多列國之風之所不載, 太史公班椽父子之所不記, 而其事往往志士仁人之所難者, 心竊疑戰國先秦以來文人好事者之爲, 殆非其素也. 及聞善山烈婦事, 殆信向之所傳之爲非夸也. 於乎, 死生亦大矣, 彼紛黛笄幃之人, 乃顧若是烈耶. 余蓋傷焉, 於是作烈女傳.

烈女名香娘, 嶺之善山人, 自幼性行甚端潔, 不從里中兒遊, 人異之. 年十六嫁, 夫性甚悖, 無夫婦道, 詈辱日滿室, 娘隱忍數年, 終不能容, 歸于父家.

乃歲凶, 饘粥乏繼, 母朝夕叱曰: "女旣嫁, 何以累我爲?" 父曰: "女何家不可居, 乃自苦若是?" 父而諷更嫁之, 娘誓斷髮毀形, 猶未置也. 又不能容, 往依于叔, 叔初頗撫育之. 已而, 叔曰: "汝何家不可居, 乃自苦如此?" 叔而諷更嫁之, 又不能容, 復歸于舅家, 舅曰: "子悖甚, 不可以敎, 婦何家不可居, 乃自苦若是?" 舅而諷更嫁之, 又不能容, 娘無所歸.

乃仰天哭曰: "旣不容於父母, 又不容於夫家命也, 吾何以生爲." 乃往洛東江下祗柱淵, 將投以死. 適有一採樵童女, 執手謂曰: "使汝而男子, 吾不可與汝言, 使汝而年長, 當止吾死, 今汝女子也. 且幼而慧, 可以傳吾言, 不可止吾死, 幸也." 因嗚咽泣下, 歷言前後寃困狀.

且曰: "吾死, 父母若以潛奔爲疑, 死亦有餘痛" 因解其髻一草鞋二, 以付曰: "若持以歸吾父, 以明知吾死也." 且曰: "吾死不得訣父母罪也, 將無面相見" 因唱山有花一曲, 聲甚哀怨. 歌罷, 囑其女曰: "汝後於此水邊, 唱此曲, 見波動處, 知吾來聽也." 言訖起立, 樵女知其將死而泣, 曰: "汝勿泣." 女泣不能仰視, 娘亦泣, 與之訣. 脫衿掩面, 沉于江. 樵女哭而歸, 以髻及鞋歸其父, 以娘言告之. 父驚往尋尸, 經日終

不得, 父歸, 尸卽浮出, 蓋不欲相見也. 聞者益悲之. 事聞, 方伯罪其
父母與舅與夫, 聞于朝旌閭.〔此事在肅廟中歲云〕

贊曰: 史稱高麗注書冶隱吉再之忠, 隱於金烏山以終, 善之有節烈
由來遠矣. 今娘之貞, 以至於入江而不化, 蓋猶有冶翁之遺風焉. 翁
之言固曰: 忠臣不事二君, 烈女不更二夫, 有以激將來爲人臣爲人婦
者耳. 彼冠裳鳴佩之夫, 臨利而喪其守者. 聞娘之風, 亦可以少愧云.
戊申季夏撰.

윤광소(尹光紹)[12],『소곡유고(素谷遺稿)』권4

12) 尹光紹(1708, 숙종34~1786, 정조10): 이조판서를 지낸 尹東奎의 아들로, 본관은
坡平, 자는 稚繩, 호는 素谷이다. 1740년 增廣文科에 급제하여 시강원겸설서가 된
이래 여러 벼슬을 거쳤다. 이조판서 李宗城과『속오례의』를 편찬하였는데, 이때
그는 開元禮에 의거하여 원본을 개정하고 따로「考異」를 첨가하기도 하였다. 이후
로 禮에 밝다고 인정받아 여러 편찬사업에 참가하였다. 1755년 尹志의 난에 관련되
어 을해옥사 때 투옥되었고, 1776년에는 鄭厚謙의 일파로 몰려 유배되기도 하였으
나 그때마다 무고함이 밝혀져 복직되었다.『소곡유고』22권을 썼고,『明齋年譜』를
편찬하기도 했다.

향랑전 香娘傳

향랑은 선산의 열녀로, 그 선조가 누구인지는 모른다. 성품이 총명하고 지혜로워 8살에 베를 짤 줄 알았다. 선산의 풍속에 남자는 고기잡이나 사냥을 좋아하고 여자는 거문고 연주하기를 좋아한다. 향랑은 단장하는 것을 좋아하지 않고 고운 옷을 만들어 아름다움을 드러내는 것을 좋아하여, 자매들을 따라 베를 짜는 것을 기쁨으로 여겼다. 부모가 말하였다.

"이 아이는 보통 여자 아이가 아닙니다. 어진 사위를 얻어 짝을 지어준다면 우리 부부가 죽기 전에 이 딸이 성공하는 것을 볼 수 있을 것입니다."

열 일곱살에 시집을 갔다. 남편은 옛날 힘있는 집 자제로, 노래와 춤에 능한 미인을 원했다가 향랑이 정숙한 덕이 있어 가무에 힘쓰지 않은 것을 보고 속으로 못마땅해 하였다. 삼 년을 지내도 꼼이 없으니 향랑은 가기를 청하며 말했다.

"남들은 제가 당신의 부인이라고 하는데, 저는 당신의 돌아봄을 한 번도 입지 못하였습니다. 저를 당신의 부인이라 할 수 있는 것이 어디 있습니까."

가면서 말했다.

"진실로 갑니다. 저를 쫓아내려고 하신 지 오래되었으나, 차마 제가 스스로 가겠다고 청하지는 못하였었습니다."

향랑이 집에 돌아가 보니 어미가 죽은 지 이미 몇 년이 되었고 계모는 향랑에게 어질게 대하지 않았다. 향랑은 더욱 의지할 곳이 없어졌다. 계모를 삼가 모시며 늘 남의 방아를 찧어주고서 먹고, 남의 삼베를 삼아 주기도 하며, 남의 옷을 지어 주어 그 비용으로 자신의 옷을 마련해 입었다.

향랑에게는 숙부가 있었는데, 향랑이 곤궁하여 의지할 데 없고 자급하기 어려운 것을 보고 그를 불쌍히 여겨 향랑을 위하여 시집갈 만한 데를 구하였다. 동리에 한 부자가 아들을 위하여 여자를 구하는데 아직 얻지 못하였다는 말을 들었다. 그래서 조용히 향랑에게 말했다.

"향랑아, 사람의 백년 삶은 작은 틈을 지나는 것처럼 **빠르단다**. 그 가운데에서 한 몸을 편안하고 즐거우며 걱정이 없게 하는 것은 매우 부귀하게 된 이들도 오히려 부족하다고 여기는데, 어찌 너는 스스로를 이와 같이 고생스럽게 하느냐. 이 동네 조씨 집은 부유한 상인의 집이다. 그 아들이 어질고 재주가 많은데 너를 아내로 맞고 싶다는 구나. 너의 뜻을 알지 못하여 여러 차례 나에게 말을 넣어왔다. 네가 한번 허락하면 죽을 때까지 부유하고 귀하게 살 수 있다. 저 집은 베 짜는 여자 종이 수십 명이고, 농사 짓는 남자 종도 수백 명이다. 네가 간다면 반드시 몸소 베를 짜거나 물을 긷거나 밭을 매지 않아도 된다. 다만 날마다 머리를 빗고 화장을 곱게 하며 손가락하나 까딱하지 않고도 먹고 입는 것을 걱정하지 않아도 된다. 남자나 여자로 태어나 남편을 얻거나 아내를 얻는 것은 사람의 백년 삶에서 가장 큰 즐거움이란다.

먼저 시집갔던 김씨 집안은 삼 년이 지나도록 시집온 여자를 마음에
내켜하지 않고 내쫓더니, 선산 성안에 있으면서 날마다 요망한 여자들
과 즐기며 온갖 악기를 연주하며 술 마시는 것을 낙으로 삼고 있다.
집안의 재산이 머지 않아 모두 탕진될 것이니 저 사람은 반드시 얼어
죽지 않으면 굶어죽을 판이다. 그런데 네가 오히려 다시 누구를 위하
느냐. 김씨 집안의 부유함은 조씨 집안에 미치지 못하고 조씨 집 신랑
감은 어지니 너는 딴 생각 말고 허락하거라."

향랑이 대답했다.

"저에게 남편이 있는데 다시 시집간다면 열녀가 아닙니다. 또 진실
로 의로우면 가난하고 힘든 것도 즐겁고, 의롭지 못하면 부귀라도 취
하지 않습니다. 어진 사람은 오직 의로움을 추구할 뿐입니다."

숙부는 향랑을 말로는 따르게 할 수 없다고 여겨 억지로 혼인시키려
하니, 향랑이 거짓으로 허락하여 말하였다.

"좋습니다. 옛날 탁문군은 부유한 집의 자손이었는데도, 남편이 죽
자 오히려 사마상여에게 달려갔습니다.[13] 하물며 저는 천한 사람이고
김씨 신랑과도 인연이 없으니 제가 어느 집안인들 가지 못하겠습니까.
그러나 무례하게는 할 수 없으니 길일을 택하여 데리러 오라 해 주십
시오."

조씨 집에서 이를 듣고 크게 기뻐하며 장막을 치고 손님을 초청하였

---

13) 卓文君은 한나라 촉군 임공의 富豪 탁왕손의 딸이었다. 과부가 되어 집에 있었는
데, 부친이 마련한 잔치에서 거문고를 연주한 司馬相如에게 반하여 결국 밤에 몰래
집을 빠져 나와 사마상여에게로 가서 그의 아내가 되었다. 『史記』117권, 「司馬相
如列傳」에 자세하다.

으며, 길일이 되어 장차 여자를 데려 오기를 기다렸다.

이 때는 봄이 한창이었다. 향랑의 집은 낙동강 상류에 있었는데, 강 덕분에 그 땅이 풍요롭고 아름다웠다. 향랑이 하루는 여러 친구들과 함께 꽃을 따다가 강 언덕 위에 길재 선생의 지주중류비가 있는 것을 보고 여러 친구들에게 말했다.

"저것은 길재 선생의 지주비야. 천년이 지났는데도 마모되지 않았네. 또 돌은 시간이 지나면 마모되어 없어질지라도 선생의 이름과 절개가 어찌 다할 수가 있겠어."

이에 꽃을 꺾으며 친구들과 〈산유화곡〉을 지어서 여러 친구들로 하여금 부르게 했다. 그 노래는 모두 3장이었다.[옛날 곡이 너무 속되어서 고쳤다.]

그 첫 번째는 이렇다.

산엔 꽃이 있는데	山有花
나는 집이 없구나	我無家
내게 집 없으니	我無家
꽃만 못하구나	不如花

두 번째 노래는 이렇다.

산에 꽃 있으니	山有花
복사꽃과 오얏꽃이라	桃與李花
복사 오얏 섞여 있어도	桃李雖相雜
복숭아나무서 오얏꽃 피진 않으리	桃樹不開李花

세 번째 노래는 이렇다.

흰 오얏꽃	李白花
붉은 복사꽃	桃紅花
붉고 흰 것 같지 않으니	紅白自不同
지더라도 복사꽃이라	落亦桃花

가락에 맞추어 노래를 부르며 춤을 추니, 그 소리와 태도가 처량하고도 고와서 강가에서 이를 들은 사람 중에 눈물을 흘리며 가지 않는 사람이 없었다. 마침내 물에 몸을 던져 죽으니, 여러 아가씨들이 와서 알리며 말했다.

"향랑이 죽으려 할 때에 우리들에게 '나를 위해 우리 숙모에게 전해 줘'라 했습니다."

많은 말이 있지만 다만 지주비 아래에서 향랑이 죽었다는 것만 이야기한다.

태사공은 말한다. 속담에 효자의 가문에 반드시 충신이 있다고 하는데 이것은 배운 것이 있어 그런 것임을 말한 것이다. 저 향랑은 미천한 사람이다. 아비는 땔나무를 지고 어미는 베를 짜는 것을 생업으로 했으니, 향랑이 그 집에 나서 자라며 익힌 것이 이것에 지나지는 않았을 것이다. 그러나 이른바 우뚝한 옛 열부(烈婦)도 어찌 향랑 보다 더 나은 것이 있으랴. 내가 들으니 선산에는 절개 있고 의로운 사람이 많다고 한다. 남자에는 야은 길재가 있고 여자에는 향랑이 있으며 길짐승 중에는 의마·의우·의구(義馬·義牛·義狗)가 있으며 날짐승으로는 의계(義鷄)가 있다. 그렇다면 향랑은 천성이 그렇다고 할 것인가. 또 사람은 절의(節義)가 있다고 하나 오히려 짐승은 이것을 알지 못한다 하였으니 (의마 등은) 더욱 기이하도다. 선산의 산천이 영험해서 이 같은 것을 불러온 것인가. 혹자는 말하기를 "그러니까 '선한 산[善山]'이라는 게지." 한다.

[이 전과 사실은 혹 차이가 있을 듯 하다. 전해들은 것이라 잘못된 것이 있을 수 있다. 우선 기록해 둔다.]14)

의구총(義狗塚) : 선산 길가에 있다. 『의열도』에 실린 내용을 대리석 넷에 새겨 세워 두었다. 매우 널찍하고 깨끗하게 무덤 곁을 정리해 놓아 너무했다 싶을 정도이다.

---

14) 이 부분은 『海叢』의 편집자가 써 놓은 것이다. 원문에서는 구별하기 위하여 본문보다 한 칸 내려 썼다.

香娘善山烈女, 其先不知爲誰. 性聰慧, 八歲能織, 善山俗, 男喜漁獵, 女鼓瑟, 娘不喜粧, 羞作鮮衣裳爲誇美, 從姊妹嬉戲爲蚕織事. 父母曰: "是兒非凡女子, 願得賢夫婿爲配, 吾夫婦未死, 可見其必有成也."

十七嫁夫, 夫故豪家子, 所願歌舞美女, 見娘有貞德, 不治歌舞, 狀心不合. 留三年無寵, 娘請去曰: "人謂妾爲良人婦, 妾未見良人一顧也, 安在妾爲良人婦謂?" 去卽曰: "固去也. 欲逐娘久矣, 不忍娘自請固去也."

娘旣還家, 母死已數年矣, 有後母不仁於娘. 娘益無依然, 勤謹事後母, 如無爲人舂以食, 爲人織麻枲, 及製人衣裳以衣.

娘有叔, 見娘窮無依不能自給憐之, 欲爲娘求嫁, 聞里中富人, 亦爲其子求女不得. 乃從容謂娘言曰: "香娘, 人生百年如過隙, 使其中一身安樂無憂, 極富貴猶不足, 何從自苦如此. 里中趙家富賈, 其子賢而多才, 欲得娘爲婦願, 不知娘意, 數通言於我, 娘一許, 可終身富貴. 彼有織婢數十人, 耕奴以百數, 娘去必不窮自織汲水鉏田, 徒日理髮均粧, 一指不動, 衣食非所憂. 生男女嫁娶, 人生百世, 豈復如此樂乎. 金卽已三, 娶女不合去, 方在善山城中, 日與妖姬佚女, 鼓琴瑟飲酒爲樂, 家産將朝暮蕩盡, 彼必不死寒則飢死道耳. 娘尙復爲誰乎. 以富金家, 不及趙家, 以人趙郎賢, 娘必許無貳."

娘曰: "妾有夫再嫁, 非烈女也, 且苟義貧苦爲樂, 不義富貴有所不取, 賢者惟義之趣." 叔知娘不可以口舌慫慂, 欲强脅之, 娘佯許曰: "諾. 昔文君富家子, 夫死, 猶奔司馬長卿, 况妾賤人, 金郎無緣, 妾何家不可屋. 然不可以無禮, 請涓吉來聘." 趙家聞之大喜, 設供帳招賓客, 待吉日至將邀女矣.

是時仲春也. 娘家在洛東江流上, 洛東故繁華地. 娘一日與儕女采花, 江岸上見吉先生砥柱中流碑, 願謂儕女曰: "彼吉先生砥柱碑也.
今千載尙不磨矣. 且石有時而磨滅也, 先生之名與節, 豈有盡耶." 乃
折花與儕女作山有花曲, 使儕女歌之. 歌凡三章[舊有曲甚鄙俚故改
作]. 其一曰: 山有花我無家我無家不如花. 其二曰: 山有花, 桃與李
花, 桃李雖相雜, 桃樹不聞李花. 其三曰: 李白花, 桃紅花, 紅白自不
同, 落亦桃花. 歌類閱依歌而爲舞, 聲態凄婉, 江上聞者, 莫不流涕而
去者. 遂投水而死, 儕女來報曰: "娘將死時謂儕女曰: '爲我報我叔母'"
多言只言砥柱碑下, 香娘死矣.

太史公曰: 諺曰孝子之門, 必有忠臣, 此言有所習也. 彼香娘賤人,
父負薪, 母織賣麻枲爲生, 而娘生長其家, 其所習乃不過如此. 然所
謂卓卓雖古烈婦, 無以過何哉. 吾聞善山多節義在人, 男有吉冶隱,
女有香娘, 在獸有義馬義牛義狗, 在鳥有義鷄. 然則香娘其天性乎,
且人節義, 猶鳥獸無知尤, 異也, 豈善山山川之靈而致之耶. 或曰: "是
故曰善山也."

[此與本傳事實, 或有差爽處, 似因傳聞之誤也. 姑並錄之.]

이안중, 『해총(海叢)』(冬), 「전기류(傳記類)」(정명기 편, 『한국야담자료집성』 23권에 영인)

상랑전 尙娘傳

　옛 책에 '충신은 두 임금을 섬기지 않고, 열녀는 지아비를 바꾸지 않는다'[15] 하였다. 옛날 위 공백의 아내 강씨가 일찍 과부가 되자 어머니가 그를 다시 시집보내려 하였다. 강씨는 〈백주〉[16] 시를 지어 스스로 맹세했었다. 그 시는 이렇다.

둥둥 떠 있는 잣나무 배	汎彼栢舟
저 물가에 있도다	在彼河側
저 두 갈래 머리한 분	髧彼兩髦
진실로 내 짝이니	實維我特
죽을 지언정 나쁜 마음 품지 않으리	之死矢靡慝

　공자가 노나라에 돌아가 시를 정리할 때에 이것을 취하여 용풍의 가장 앞에 놓았다.
　청화외사 이옥은 말한다. 역사서에 의하면 조선이 예의를 숭상하고 그 풍속은 정결함을 좋아하여 여자들 중에 한결같이 수절하여 죽는 이

---

15) 『史記』82권, 「田單列傳」 후반부에 보면 "忠臣不事二君, 貞女不更二夫. 齊王不聽吾諫, 故退而耕於野. 國旣破亡, 吾不能存. 今又劫之以兵爲君將, 是助桀爲暴也. 與其生而無義, 固不如烹!"이라고 말하였다. 『소학』과 『한서』에도 王蠋의 이 말이 실려 있다.

16) 이 시는 『시경, 용풍』 첫머리에 실려 있다.

들이 많다 한다. 영남의 박상랑 같은 사람이 어찌 그런 이가 아니랴.

열녀 박상랑은 영남 상주 사람이다. 나이가 되자 선산의 최씨에게 시집갔다. 최씨의 아들은 어리고 사나워 서로 용납하지 못하였으므로 어진 상랑이 그 집을 나오게 되었다. 친정으로 돌아간 후 계모가 형제와 모의하여 상랑의 뜻을 빼앗으려 하자 상랑은 이를 알아 차리고 샛길로 시댁으로 돌아왔다. 최씨는 아직도 뉘우치지 않았고 시아버지도 문을 막으셨다. 상랑은 이제 쓸쓸하게 용납될 곳이 없게 되자 물에 빠져 죽을 생각에 낙동강가로 갔다.

최씨의 이웃에 아직 결혼하지 않은 나무하는 여인이 있었는데 마침 그곳을 지나다가 물었다.

"최씨네 신부가 여기는 무슨 일이십니까?"

상랑이 그 이유를 다 이야기하고 울면서 말했다.

"네가 여기 온 것은 하늘이 시킨 것이다. 이제 내 죽음을 명백히 할 수 있겠다."

이에 다릿머리를 풀고 신발을 벗어 증거로 주고 〈산유화〉 한 곡을 부르며 탄식하였다.

하늘은 높고	天乎高
땅은 넓은데	地平廣
슬프다 내 한 몸	哀我一身
갈 곳이 없구나	莫乎往耶

한참 동안 탄식하더니 다시 일어나 한숨쉬며 말했다.

"남편은 나와 함께 하지 않았고 어머니도 딴 생각이 있으시니 내 맘의 슬픔 죽지 않고 어이하리."

마침내 치마를 뒤집어 얼굴을 가리고 물로 뛰어내렸다. 최씨 이웃집 소녀가 돌아가 최씨에게 알리고 또 그 남긴 것을 전해 주었다. 최씨가 크게 놀라고 박씨의 어미와 형제들도 비로소 모두 슬퍼하며 불쌍히 여겼다. 낙동강 가에 가서 그 시체를 찾았다. 물가에는 고려 충신의 비가 있었다.

청화외사씨는 말한다.

「곡례(曲禮)」에 '자식을 가르치되, 말을 할 만한 때가 되면 딸은 공손히 답하게 하며 비단 주머니를 차게 한다. 7살이 되면 아들과 딸을 한 곳에 재우지 않고 10살이 되면 외출하지 못하게 하고, 순하고 정숙하게 남을 따르도록 유모가 가르친다'[17) 하였다. 『사마씨례』[18)에는 '여자가 일곱 살이 되면 『효경』, 『논어』, 『열녀전』을 가르친다'고 하였다. 이는 모두 일찍부터 가르쳐서 단정하고 지조 있는 여자로 키우려 하는 것이다. 그러나 세속에서는 여자가 종종 예에 따르지 않는다. 저 상랑은 미천한 사람이라, 순하고 정숙하게 하라는 유모의 가르침을 받거나 『효경』, 『논어』, 『열녀전』을 읽지는 못했어도 이룬 것은 끝내 저 같이

---

17) 「곡례」는 『예기』의 편명 중의 하나이다. 그러나 본문의 이 말은 「곡례」가 아닌 「內則」에 나오는 구절이다. '子能食食, 敎以右手. 能言, 男唯, 女兪. 男鞶革, 女鞶絲. 六年, 敎之數與方名. 七年, 男女不同席, 不共食. 八年, 出入門戶, 及卽席飮食, 必後長者, 始敎之讓.'

18) 『사마씨례』는 어떤 책인지 모르겠다. 실시학사 고전문학연구회에서 낸 『역주 이옥전집』에서는 이 책이 사마광의 『書儀』라고 했으나, 이 책의 어느 부분에 나와 있는지까지 밝히지는 않았다.

우뚝하였다. 바탕이 순수한 사람은 가르쳐 꾸미지 않아도 아름다운 것인가. 『시경』에 '옥 같은 여인'[19]이라 한 것을 박씨 여인에게서 찾을 수 있다.

傳曰: '忠臣不事二君, 烈女不更二夫', 昔衛共伯之妻姜氏, 早而寡, 其母欲嫁之, 姜氏作栢舟詩以自誓. 詩曰: '汎彼栢舟, 在彼河側, 髧彼兩髦, 實維我特, 之死矢靡慝.' 孔子返魯, 刪詩, 取以居鄘風之首.

青華外史曰: 史稱, 朝鮮尙禮義, 其俗好貞潔, 女子多守一而死. 若嶺南之尙娘朴氏者, 豈其人歟. 尙娘朴氏烈女者, 嶺之尙州人也. 年及字, 適善山崔氏, 崔氏子冲且暴, 不相容, 尙娘賢而出. 旣歸, 後母謀兄弟, 將奪其志, 尙娘覺之, 間行復歸崔氏. 崔氏猶不悔, 及其尊章距于門. 尙娘乃蹙蹙, 靡所自容, 計溺波死, 次于洛上.

崔氏之隣有未笄而薪者, 過焉問曰: "崔新婦何因於此?" 尙娘爲悉其由, 泣曰: "若之來, 天也, 幸爲我明白也." 解髢脫屨以爲驗, 歌山有花一曲, 嘆曰: "天乎高, 地乎廣, 哀我一身, 莫乎往耶." 嘘唏良久, 又起而噫曰: "夫子不予, 母氏有他, 余心之悲, 無死而何." 遂反裙加面, 跳水而下. 崔氏之隣之女, 歸告崔氏, 且致其遺. 崔氏大驚, 朴氏母及兄弟, 亦始皆悲憐之. 往洛水上求之. 水上有高麗忠臣碑.

青華外史曰: 曲禮, '敎子能言, 女兪, 女鞶絲. 七年男女不同席, 十年不出, 姆敎婉娩聽從', 司馬氏禮曰: '女子七年, 敎孝經論語列女傳', 是皆欲早敎誨, 以成其爲端莊貞壹之女也. 然而世俗, 女往往不遵禮.

---

19) 『시경』, 召南 중 「野有死麕」 두 번째 노래에 나오는 구절이다. 그 노래는 이렇다. '숲에는 떡갈나무, 들에는 죽은 사슴 있네, 흰 띠 풀로 묶으니, 옥처럼 아름다운 여인일세(林有樸樕, 野有死鹿, 白茅純束, 有女如玉)'

彼尙娘者, 鄙之人, 未嘗有婉娩之敎, 孝經論語列女傳之授, 其所成
就, 卒如彼卓乎然也. 質之純者, 不待飾而美耶. 詩曰: '有女如玉', 朴
氏之女有之矣.

이옥(李鈺)[20], 『담정총서(潭庭叢書)』 10권, 「문무자문초(文無子文鈔)」

---

20) 李鈺(1760, 영조36~1812, 순조12): 자는 其相, 호는 文無子·梅史·梅庵·絅錦
子·花石子·靑華外史·梅花外史·桃花流水館主人 등 다양하다. 본관은 각
책마다 다르게 표현되어 있어 지금으로서는 어디라고 확정하기 어렵고, 그의 가계
역시 알려줄 만한 충분하고 정확한 자료가 없다. 『실록』에 의하면, 이옥은 1792년
에 성균관유생으로 있었는데 그가 쓴 소설문체는 다른 이들의 큰 호응을 받아 여러
선비들이 답습하여 그 폐해가 심했다. 정조의 문체개혁 뒤에도 이옥의 문체는 여전
하므로 그 벌로 充軍하기도 했다. 그는 정조 文體反正의 희생양이 되었으나, 그가
남긴 글들은 조선 후기 문학의 주체적이고 능동적인 경향을 대변하고 있다. 친구
김려의 『潭庭叢書』 안에 「梅花外史」 등 11권의 산문이 있고 『藝林雜佩』에 시
창작론과 함께 남긴 「俚諺」 65수가 전한다.

향랑 香娘

향랑은 그 성씨가 무엇인지 모른다. 선산군 상형곡의 양민의 딸이다. 어려서부터 성품과 자질이 곧고 맑아서 후모(後母)를 섬김에 효성스럽고 순종하였으나 후모는 자애롭지 못하였다. 그녀를 학대하고 부려먹으며 움직이면 번번이 매를 때리면서 옷과 음식을 제대로 주지 않았어도 향랑은 오히려 더욱 그 뜻에 순종하였다. 시집감에 이르러서는 남편이 어질지 못하여 그를 원수처럼 미워하니 시어미도 자식으로 여기지 않았다. 향랑은 이미 계모에게도 받아들여지지 못하고 또 남편에게도 버림받은 바가 되어 외로이 돌아갈 곳이 없게 되었다. 숙부와 시아비가 그녀를 불쌍히 여겨 다른 곳으로 시집가라고 권하였지만 향랑은 울면서 말했다.

"저는 약가[또한 선산 사람이니 그 남편이 전쟁에 징집되자 수절하며 개가하지 않고 8년을 혼자 지내다가 나중에 남편이 살아 돌아오자 다시 처음처럼 부부가 되니 정려를 내린 것이 지금도 같은 마을 봉계촌에 있다]의 정절을 듣고 항상 그 사람됨을 흠모하였습니다. 죽더라도 바꾸지 않을 것입니다. 원컨대 지아비 집 곁에 몸을 맡겨 일생을 마치도록 해 주십시오."

시아비가 허락하지 않고 억지로 보내니 향랑은 어쩔 수 없이 친정으로 돌아왔으나 어미도 쫓아냈다. 향랑은 용납되는 곳이 없으므로 마침내 물에 빠져 죽기로 결심하고 오태강 위 지주비[지주비는 야은 길재 선

생을 모신 오산서원 곁에 있으니 '지주중류'라는 커다란 네 글자를 새겼다]
아래에 갔다. 고사리 캐는 여자를 만나 다릿머리와 치마를 풀어 주며
"이것을 가지고 부모님께 남겨서 내가 죽었음을 증명해 주오."
라 하고는 꽃을 꺾어 머리에 꽂고 산유화 한 곡을 부르고 그 여자로
하여금 그것을 부르게 하였다. 그 노래는 이렇다.

하늘은 어이 높고 멀며	天何高遠
땅은 어이 넓고 아득한가	地何曠邈
천지가 비록 넓다 하나	天地雖大
한 몸 의탁할 곳 없구나	一身靡托
차라리 강물에 뛰어들어	寧投江水
고기 뱃속에 장사지내리	葬於魚腹

노래를 마치고는 길게 한숨을 내쉬고는 물에 뛰어들어 죽으니 나이
가 겨우 스무살이었다. 후세 사람이 이 연못을 '향랑연'이라 하였다.
이 때에 선산부사 조구상이 이 소식을 듣고 그 일을 전으로 지었고
또 조정에도 이 소식이 전해져 정려를 내려 포상하니 숙종 때의 일이
다. 조구상이 탄식한 시[21]는 이렇다.

삼월 봄바람에 풀은 우거졌으니	東風三月草離離
오태강 가에서 신 벗고 죽은 때라	吳泰池邊脫屣時
혼은 무양을 따라 상제에게 이르고	魂逐巫陽歸上帝[22]

---

21) 향랑의 일을 소설화한 장편소설 〈삼한습유〉에도 이 시가 그대로 실려 있다. 다만
    김유신이 지었다고 바꾸어 놓았을 뿐이다. 3권에 보인다.
22) 巫陽은 무산의 양지쪽이란 말이다. 초 양왕이 高唐에서 노닐다가 만난 여인과 인

이름은 효녀가 되어 비석에 기록되었네	名同孝女紀穹碑
백년토록 봉비[23]의 원망은 다하지 않고	百年不盡葑菲怨
천년이 가도 공작시[24]의 슬픔은 깊으리	千古悲深孔雀詩
새 곡조 부르려다 목 매이는 곳	唱到新詞聲咽處
가련한 가지에 산꽃은 피어 있네	山花猶發可憐枝

당시 사람들이 듣고는 슬퍼하여 그 일을 시로 표현하거나 기록한 사람이 매우 많았다. 또 속악부 〈산유화곡〉은 이렇다.

산 위에 꽃이 있고 꽃 아래엔 산 있구나	山上有花花下山
한 곡조 다해가나 눈물은 끝이 없다	一腔欲斷淚潸潸
낙동강 물은 다할 때가 없어서	洛東江水無時盡
푸른 한 흘러흘러 돌아올 줄 모르네	碧恨悠悠去不還

외사씨는 말한다. 지금 향랑의 못은 터가 모래밭이 되어 있으나 마을 사람들은 여전히 그 땅을 가리키며 그 일을 말한다. 지금까지 나무하고 소치는 아이들도 산유화 노래를 부르기를 상포(湘浦)[25]의 죽지사

연을 맺었는데 그 여인이 나중에 "저는 무산의 양지쪽 높은 언덕에 삽니다. 매일 아침이면 구름이 되고 저녁에는 비가 됩니다"라고 했다.

23) 葑菲는 不肖한 몸이란 뜻이다. 『剪燈餘話』, 「賈雲華還魂記」에 '변변치 않은 이 몸이 방에서 님을 모시고 백년토록 함께 늙어갈 수 있다면 매우 다행이겠습니다.願 以葑菲得侍房帷偕老百年, 乃深幸也.'란 구절이 있다.

24) 孔雀詩란 徐陵(507~583)의 『玉台新詠』에 수록되어 있는 중국의 장편 서사시 〈孔雀東南飛〉를 말한다. 〈焦仲卿妻〉라는 이름으로 알려지기도 했다. 유난지와 초중경의 가슴 아픈 사연을 담은 노래다.

25) 湘江은 순임금의 두 비인 아황과 여영이 순임금을 따라 죽은 곳이고, 洛浦는 복희 씨의 딸 宓妃가 빠져 죽은 곳이다.

(竹枝辭)와 같이 하니 그 소리가 쓸쓸하다. 아아! 한 시골의 여자가 널리 기록되며 노래에 오르는 것을 저와 같이 성대히 한 것은, 어찌 밝고 깨끗한 정절로 옛날 정녀(貞女)와 그 슬픔을 함께 한 것이 아니겠는가.

香娘者는 不知其姓氏で니 善山郡上荊谷良家女라. 自幼로 性姿貞淑で야 事後母孝順で디 後母 ㅣ 不慈で야 虐使之で고 動輒捶撻で며 衣食을 不以時で디 香娘은 愈益順其志で더니 及嫁에 夫 ㅣ 不良で야 嫉之如仇で니 姑亦不子라. 娘이 旣不得於繼母で고 又爲夫所棄홈이 踽踽焉無所歸라. 其叔父與舅 ㅣ 憐之で야 勸適他호디 娘이 泣曰: "吾聞藥哥(亦善山人이니 其夫被搶於亂임시 守節不嫁で고 八年獨處라가 後에 夫 ㅣ 生還更爲夫婦如初で니 旌閭 ㅣ 至今在同郡 鳳溪村で니라)之貞節で고 常慕其爲人で니 矢死不渝で고 願托身於夫家之側で야 以終一生で노이다." 舅不許で고 强之使去어늘 娘이 不得已歸家で니 母亦迫逐지라. 娘이 無所容で야 乃決意溢死で고 至吳泰江上砥柱碑(砥柱碑는 在吉冶隱先生吳山書院傍で니 刻砥柱中流四大字라)下で야 遇採蕨女で야 解髢與裳以贈之で고 語曰: "持此遺父母で야 以證我死で라"で고 仍折花揷髻で고 唱山有花一曲で야 使其女로 歌之で니 其歌曰: 天何高遠이며 地何曠邈고 天地雖大で느 一身靡托이로다 寧投江水で야 葬於魚腹で리라 歌罷에 長吁一聲で고 仍赴水死で니 年이 僅二十이라. 後人이 名其淵曰香娘淵이라で더라 時府使趙龜祥이 聞之で고 作傳述其事で고 又聞於朝で야 旌閭以褒之で니 肅宗時也라. 龜祥이 有詩以歎曰: 東風三月草離離, 吳太江邊脫履時, 魂逐巫陽歸上帝, 名同老女紀穹碑, 百年不盡苕菲怨, 千古悲深孔雀詩, 唱到新詞聲咽處, 山花猶發可憐枝. 當時諸人이 聞而悲之で야 詩

紀其事者甚多ᄒᆞ니라 又俗樂府山有花曲에 曰: 山上有花花下山, 一
腔欲斷淚潛潛, 洛東江水無時盡, 碧恨悠悠去不還. 外史氏曰: 今香
娘之淵이 埂爲沙田이로디 而村人이 猶指其地說其事ᄒᆞ고 至今樵童
牧兒ㅣ 唱山有花之歌를 如湘浦竹枝ᄒᆞ야 其音이 凄楚ᄒᆞ니 噫라 以
一村女而播諸傳紀ᄒᆞ며 騰諸歌詠을 如彼之盛者ᄂᆞᆫ 豈非以貞節之皎
潔이 與古貞女同其哀怨者歟아.

장지연, 『일사유사』 5권[26]

---

26) 이것은 장지연이 편찬한 것으로 회동서관에서 1921년(조동일 소장 국문학 연구자
   료 29권, 박이정, 1999) 발행된 것이다. 앞 부분은 선산의 읍지에 실린 내용과 거의
   비슷하나 뒷부분 조구상의 시나 속악부에 속하는 〈산유화곡〉을 실은 것은 다른 것
   과 다르다. 더구나 조구상의 문집에는 〈題香娘旌閭〉라는 제목으로 칠언절구로 실
   려 있는데 여기에서는 가운데 네 구절이 더 들어가 칠언율시로 되어 있다. 또 속악
   부에 있다는 〈산유화곡〉은 이제까지 알려지지 않은 글이다.

3. 민간 전승 자료 및 기타 자료

[잡지1] 佳人矢戀血淚錄, 구슬픈 民謠를 남긴 香娘 「山有花」와 香娘

언널널 상사뒤
어여뒤여 상사뒤

저 꽃피어
농사일 시작하여
저 꽃저서
농사일 필역하세

얼널널 상사뒤
어여듸여 상사뒤

이 노래는 부엌에서도 울니고 들에서도 울닌다. 여름 한철, 봄 한철,
산과 들에 함박꽃이 우시시 피어날 때 산나물 캐기 색시들은 나물 광우
리를 끄을고 여기지기 허비면서 구슬푸게 불느며, 초동들은 등짐나무
를 질머지고 이 산빗탈, 저 산빗탈로 내려오며 소리마처 또한 부른다.
이리하야 경상도 산천에는 간데 온데 모다 이 소리로 덥힌다. 수심
가는 평안도에서 자라서 평안도 사람의 입에서 키워저 자라간다할진

대 실로 이 「얼널널, 상사뒤」 노래는 경상도 산천에서 자라서 경상도 사람의 눈물속에 자라고 커가는 것이라 할 것이다.

수심가도 슬푸거니와 이 「山有花」도 몹시 구슬푸다. 안 그럴수 잇스랴, 「山有花」란 佳人의 슬픈 눈물우에 핀 꽃이다. 이 로-맨스는 中世紀에 핀 가장 失戀의 血淚錄이오, 또한 대표적 哀調를 띈 민요의 한아인 까닭이다.

「洛東江畔에 진 애처러운 꽃」

락동강 물구피는 백사장의 갈메기를 날니면서 줄넝줄넝 흘너 넘처 잘도 흐르는 慶尙道에도 堂院村 - 여기에 나비가치 어엽부고 함박꽃가치 순박한 소녀가 잇섯스니 그의 일홈이 香娘이다. 그것이 李朝中葉의 일이니 그때 철만 하여도 색시들은 부모의 명령이면 아모데라도 시집가든 터이라. 방긔 이십에 각가우니 조혼 신랑을 간택하여 보낸다는 곳이 閭氏 집안이엿다. 어린 소녀 香娘은 만흔 꿈을 품고 꽃가마를 타고 시집이라고 갓드니, 사흘부터 남편과 시부모의 구박과 학대라.

월사삼경 발근 밤에 외기럭이 울며 갈제 그는 몃번이나 사랑이 업는 결혼을 저주하면서 우럿슬가. '四寸兄任 사촌형님 시집살이 어떱듸가 열새무명 반물초마 눈물 씻기에 다 저젓네'하는 민요도 실로 향낭을 두고 지은 것 갓햇다.

그러나 넷날 부덕(婦德)을 직히는 향낭은 오줌싸는 남편, 심술굿고 바보가튼 남편을 극진히 공대하엿으나, 꿋꿋내 시집으로부터 축출을 당하엿다. 시집에서 쫏긴 그는 어듸로 갈는고, 부득히 친정에 도라왓

스나, 마음이 평안할 날이 잇슬 까닭이업섯다. 부모가 민망하여 여러 번 개가를 권하엿스나, 종래 듯지 안엇다.

어느덧 봄은 다시 도라와서 산에 들에 꽃이 만발 하엿다. 그 어느날 香娘은 그 隣家의 동무들과 가티 採藥次로 洛東江畔을 갓섯다. 그 동무들이 '그대는 또 다시 시집을 간다니 깃브리.' 이러케 香娘을 비우섯다. 이 말을 들은 香娘은 쓰린 가슴, 분한 마음을 둘곳이 업서서 잠자코 아모 말이 업섯다. 春 3月 - 마참 山에 만발한 꽃을 바라보며 香娘은 愀然히 「山有花歌」一曲을 불르고서는 그만 萬古의 원한을 품은 채 洛東江 기픈 물에 몸을 던저서 다시 도라 못올 길을 밟고 마럿다. 南道에서 불르는 「山有花」란 민요의 기원도 여긔서 발생된가 한다. 그 노래는 이러하다.

(以下原文附添)
山에는 꽃잇서도
이몸은 집이업네,
집업는 이몸이니
저꽃만 내못하이.
복수아 왜지들의
온갖꽃 가운데도,
복수안 열매맷고
왜지는 꽃못피네.

山有花我無家, 我無家不如花.
彼桃李相雜花, 桃有子李無花.

그 후 李安中이란 분이 이곳을 지나다가 때마침 花爛春城하엿슬제 문득 옛날의 香娘을 생각하고 감개가 무량하야 또한 「山有花」詩 4曲을 을픈 것이 잇다. 이것을 感傷的으로나 취미적으로 譯하야 活字化하려 함이 엇지 무심타 하리요.

山有花詩 其一

산꽃은 얼골이요 잎은 눈섭가,
꽃아래 고흔다락 七寶帷라네.
다락앞엔 수만흔 버드나무라,
陸郎아 「말」이나 이곳에메게.[1]

山花如面葉如眉, 花下粧樓七寶帷.
無數樓前楊柳樹, 陸郎何不係斑騅.

其二

서방은 간들어진 꽃핀나무라,
꽃은지면 오는봄 다시피련만.
안해는 꽃살가티 설은신세라,
한번지면 한말년 빛이나보랴.[2]

郎如裊裊開花樹, 花落明年復滿枝.
妾如灼灼着枝藥, 一落曾無更着時.

---

1) [原註] 香娘의 얼골과 눈섭을 말한 것이요, 七寶는 金, 銀, 瑠璃, 玻璃, 硨磲, 眞珠, 瑪瑙 등 모양을 형용하야 香娘의 帷房을 말한 것이다. 예전엔 그 곳에 樓閣이 잇섯던 것을 알 수 잇다.
2) [原註] 裊裊는 곱단 말이나 간들어지단 형용사를 代用하엿다. 郎은 陸郎, 妾은 香娘이며 하나는 희망이 잇서도 하나는 아주 절망을 말한 것이다.

其三

洛東江 흘르는물 맑지못해도,
金烏山은 살들히 새빛띄엿네.
香娘阿氏 怨한넋 烏山石인가,
아니라면 江南에 蘪蕪草이리.3)

流水落東鏡不如, 金烏山色眉新掃.
娘魂不作烏山石, 應化江南蘪蕪草.

其四

江南江北 철업슨 저아해들은,
봄노래 불르면서 풀노리가네.
해마다 江언덕엔 봄바람불러,
또다시 꽃은피여 찡그리는 듯.4)

江南江北寶襪兒, 一曲春歌鬪草歸.
無限東風江上岸, 至今花發似嚬時.

정익진(鄭益鎭), 『삼천리』제7권 제9호5)

---

3) [原註] 鏡不如는 不潔의 意요, 烏山石은 金烏山의 岩石 蘪蕪草는 草의 名이다.
4) [原註] 寶襪兒는 「철업슨 아해」라고 譯하엿스나 사실 參老未得하엿다. 古今에 이
   런 문자를 써온 일이 업스면 원문의 誤書가 된 듯하다. 鬪草는 鬪化와 가튼 의미인
   데 鬪花가 꽃딴다는 意요. 鬪草는 나물캔다는 意이다. 「풀노리」라 하여도 조흘 듯
   십다. 嚬은 硏笑의 형용이니 꽃의 웃는 양을 말한 것이다.
5) 1935년 10월 1일 발행한 것이며, 188~191쪽에 실려 있다. 이른 시기 잡지에 실린
   향랑 관련 기사를 그대로 실어서 참고할 수 있도록 한다.

[잡지2] 民謠에 나타난 哀話, 山有花 노래와 朴香娘

하눌은 어이 그리 놉핫스며
땅은 어이 그리 넓엇든가.
하늘 땅이 크다 해도
몸 하나 의탁할 곳 업네.
찰아리 이 못에 빠저 죽어
고기 밥이 되고 지고.

天何高遠 地何曠漠
天地雖大 一身無托
寧投此淵 葬於魚腹

　금오산(金鰲山)에 아지랑이 끼고 낙동강 연안(洛東江 沿岸)에 고흔 풀이 파릇파릇하게 움 나오는 봄철이 되면 영남의 젊은 녀자들은 보구니를 엽페 끼고 三三五五 짝을 지여 산으로 들로 나물을 뜨드러 갑니다. 여러 여자들이 나물을 뜯다가 따뜻한 봄바람에 제 흥이 절로 나기도 하고 혹은 어려운 시집사리에 부댁기는 스름과 그리운 친정 어머니의 간절한 생각이 복밧처 나오면 하염 업는 눈물을 흘리다가 구슬푼 목소리로 우에 씨워 잇는 메나리(山有花) 노래를 부릅니다. 봄날에 그 여자들의 메나리 소리를 드르면 아모리 길을 밧부게 가든 행인이라도 발을 멈추고 듯다가 한 줄기의 눈물을 흘리게 됩니다. 이 메나리 노래는 사설과 곡조도 구슬푸거니와 그 노래의 출처를 들처 보면 참으로 눈물겨운 애화가 숨어 잇습니다.

때는 지금으로부터 230년 전 이조 숙종대왕 28년 임오년(肅宗 28年 壬午年)경입니다. 경상도 선산 땅(慶北 善山) 상형곡(山荊谷) 지금의 귀미면 형곡동(龜尾面 荊谷洞)이란 동리에는 백자신(白自申)이란 사람의 딸이 하나 잇섯스니 그는 바로 이 노래의 주인공 되는 향랑(香娘)입니다. 그는 어려서부터 용모가 단정하고 성질이 정숙(貞淑)하야 비록 동모들과 놀 때에도 실업는 말 한 마듸를 하지 안코 남녀칠세 부동석이란 옛 습관을 저절로 잘 직혀서 다른 남자와는 말도 서로 하지 안엇습니다. 불행이 어려서 그의 모친이 도라가고 게모의 몸에서 자라나게 되엿습니다. 그의 게모는 원래 성질이 패악한 사람인 까닭에 향랑을 심히 학대하야 조그만 일에도 항상 꾸짓고 욕을 하며 따렷습니다. 그러나 향랑은 조금도 반항을 하지 안코 그저 승순 하엿슬 뿐이엿습니다. 방년이 열일곱 되던 해에 그 동리에 사는 임천순(林天順)의 아들 림칠봉(林七奉)에게로 출가를 하엿스니 그 때 칠봉의 나히는 겨우 열네 살의 아모 철 업는 소년으로 그 중에 성질이 괴패하야 처음부터 향랑을 원수와 가티 미워하고 박대 하엿습니다. 향랑은 친정에 잇서서도 게모에게 무한한 학대를 밧던 사람으로 명색 시집을 가서 백년을 의탁할 남편에게도 또 그러한 학대를 밧게 되니 그의 박명한 신세는 참으로 가련 하엿습니다. 보통사람 가트면 그 때에 벌서 이 세상을 비관하

고 자결을 하던지 그렇치 안으면 다른 곳으로 도망이라도 하엿겟지 만
은 원래 천성이 양순한 향랑은 자긔의 남편이 아직 연령이 유치하야
부부의 정을 모르는 탓으로 그러 하려니 하고 어떠한 고통이 잇더라도
다 참으며 다만 그 남편이 성장하야 지각 날 때만 기다렷섯습니다. 그
러나 속담에 개 꼬리는 3년을 묵어도 황모가 되지 못 한다고 그 남편
은 자랄사록 향랑에게 대한 학대가 우심하야 걸핏하면 몽치를 드러 함
부로 따리니 연약한 녀자의 몸으로 엇지 그 학대를 견딀 수가 잇겟습
니까. 백옥가티 곱던 얼골은 품푼 조각이 되고 삼단가티 조튼 머리는
다복 쑥이 되어 버럿습니다. 날마다 날마다 한숨과 눈물로 괴로운 세
월을 보내다가 결국에는 구측까지 당하야 자긔의 본집으로 도라가게
되엿습니다.

향랑은 할 수 업시 친정으로 도라 왓스나 전날에도 학대하던 게모가
엇지 고맙게 굴 리가 잇겟습니까. 오든 그 날부터 형언 할 수 업는 학
대를 하여 걸핏하면 시집사리도 못하고 쫏겨온 년이 무슨 낫작으로 친
정으로 왓느냐고 욕을 하고 따렷습니다. 그의 부친은 비록 향랑의 신
세를 불상이 녁이나 후처에게 혹하고 눈이 먼 까닭에 그것을 능히 억
제하지 못하고 향랑을 그의 삼촌의 집으로 보냇섯습니다. 향랑은 그의
삼촌의 집에 가서 수삭 동안을 안심하고 지내섯습니다. 그러나 팔자
그른 향랑은 갈사록 곤난한 일만 생겻습니다. 하로는 뜻박개 그의 삼
촌이 향랑을 부르더니 이러한 말을 하엿습니다.

"이 애 향랑아- 너의 남편이 너를 한 번 버렷슨 즉 다시 차즐 리도

만무하고 우리 집이 또한 빈한하야 너를 장구하게 먹여 줄 수가 업슬 뿐 아니라 너역 청춘에 앗가운 세월을 헛되이 보낼 필요가 업슨 즉 내 말을 드러서 맛당한 곳으로 다시 시집을 가거라……"

원래에 정결하기 짝이 업는 향랑은 천만 뜻박게 그러한 말을 드르니엇지 분하고 가슴이 아푸지 안햇겟습니까. 한참동안 기가 막혀서 아모 말도 하지 못하고 고개를 숙이고 묵묵히 안젓다가 다시 머리를 들며 엄격한 어조로

"여봅쇼. 자근 아버님- 제가 아모리 상놈의 집 딸이기로 한 번 남에게 시집을 갓다가 엇지 남편이 불량하다고 개가를 하겟습니까. 저는 차라리 죽을지라도 그러한 말슴은 듯지 못 하겟습니다."
하고 단번에 거절 하엿습니다. 자긔의 삼촌은 그 때 까지 향랑을 동정하야 불상히 녁이더니 이 말을 거절한 뒤로부터는 또한 향랑을 냉대하니 향랑은 몸과 마음을 부칠 곳이 엄서서 할 수 엄시 다시 시집으로 갓섯습니다. 그러나 자긔의 남편은 전보다 더욱 학대를 하니 향랑은 잠시도 견딀 수가 엄섯습니다. 향랑의 시부는 향랑을 불상히 녁여서 다른 곳으로 개가하기를 권유하고 이혼승낙서 까지 하여 주엇습니다. 그러나 향랑은 절대로 듯지 안코 그 시부에게 다시 청하기를 일간의 초옥이라도 조흐니 집 한간만 그 근처에다 작만하여 주면 어떠한 고생을 할지라도 정절을 직히고 잘 살겟다고 하엿습니다. 그의 시부는 그 말을 듯지 안을뿐 아니라 항상 향랑에게 가문을 드럽히지 말나고 말을 하얏습니다. 그것은 물론 향랑에게 자결하야 죽으라는 것을 암시한 것입니다.

향랑은 아모리 생각하야도 그대로 사러 갈 도리가 업섯습니다. 최후에 물에 빠저 죽기로 결심을 하고 오태산(吳泰山 - 낙동강 하류에 잇는 산입니다.) 밋틀 향하야 갓섯스나 때는 바로 초 9월 초 6일 이엿습니다. 만산의 단풍닙은 서리로 물을 드려 향랑의 피눈물과 빗을 전주우고 청천에 뜬 기럭의 소리소리 짝을 불너 향랑의 외롭고 슬푼 간장을 구비구비 끈어 냇습니다. 향랑은 그 곳에서 바루 빠저 죽으랴고 하다가 다시 돕으켜 생각키를 '내가 죽더라도 남이 모르게 죽는다면 내 양심에는 아모리 정결하야 아모 허물이 업더라도 시부모나 다른 사람들이 나를 어듸로 개가하야 간 줄로 알기 쉬울 것이니 엇지 억울치 아니하랴.'하고 길가에 주저 안저서 땅을 치며 통곡을 하다가 나무하러 온 이웃집 소녀(그 소녀는 그 때 12살된 녀자입니다.)를 맛나 자긔의 진정을 말하고 그소녀와 가티 지주못(지주연이니 옛날 길야은(吉冶隱)선생의 비각이 잇는 곳입니다.) 가에 가서 자긔의 다리꼭지(月子)와 치마 짚신짝 등을 묵거서 소녀를 주며 "이 애 미안 하지만은 이것을 갓다가 우리 시부모에게 드려서 내가 죽은 것을 알게 하고 또 내 시체를 찻게 하야다구. 내가 이러케 죽는 것은 부모에게 죄인이니 죽은들 무슨 면목으로 부모를 또 보겠느냐. 내가 비록 죽드라도 시부모는 보지 안코 장차 지하에 가서 우리 친어머니를 맛나고 이런 원통한 사정이나 말하겠다"하고 여광여취하야 혹은 통곡도 하고 혹은 노래도 하다가 물로 뛰여 드려가랴 하니 그 광경을 보던 소녀는 그만 놀나서 도망을 하엿습니다. 향랑은 그 소녀를 쫏차 가서 손목을 잡고 다시 못 우(淵上)로 와서 이럿케 말하엿습니다. "내가 너에게 노래 한 곡조를 가르처 줄 터이니 네가 부대 잘 긔억 하엿다가 이 다음에 이 곳으로 나물을 뜨드러 오든지 나무를 하러 오거든 나를 위하야 이 노래를 불러다구. 그러면 나의 죽은 고혼이라도 너 온줄을 알 것이고 그 때에 만일 물 속에서 파도가 이러나거든 나의 고혼이 그 노래를 깃버하야 노는 줄로 알어다고." 하엿습니다. 그 때 향랑이 그 소녀에게 가르처 준 노래가 바로 우에 이야기한 유명한 산유화(山有花) 노래입니다. 이 말을 맛친 다음에 향랑은 또 물로 뛰여 드러가랴다가 다시 소녀의 손을 잡고 또 이런 말을 하엿습니다. "이 애 인생이란 참으로 불상하고 드러운 것이로 구나. 내가 암만 죽기로 결심 하엿지 만은 실상 물을 드려다 보니 무서워서 참아 드러 갈 수가 업구나. 나는 참 가련한 인생이다. 드러운 목숨을 그러케 액기는 구나⋯⋯⋯"하고 말을 마주 막치자 마자 자긔의 적삼을 버서서 눈을 가리우고 뛰여서 물로 드러 갓습니다. 이 가련한 향랑은 방년 20을 일긔로 하고 비참한 최후를 맛추고 그만 어복의 고혼이 되엿습니다. 그 얼마나 불상하고 가련합니까. 이 향랑이 죽을 때에 소녀에게 하던 말은 비록 몃 백년 후 오늘에 잇서서도 누구나 한 줄기의 눈물을 금할 수 업는 것입니다.

그 때 그 소녀는 그 비참한 광경을 보고 동리로 급히 도라 가서 향랑의 부친에게 그 사실을 말 하엿습니다. 향랑의 부친은 그 시체를 차즈랴고 강가로 다니며 무릇 열나흘 동안을 두고 애을 썻스나 종시 그 거처를 알지 못하고 할 수 업시 집으로 도라 갓더니 그 부친이 간 뒤에야 비로소 시체가 물 우로 떠 올으고 그 때까지 적삼이 그의 얼골을 가리운 채로 그대로 잇섯더랍니다. 그것은 그가 죽기 전에 소녀에게 하던 말과 가티 죽은 고혼이라도 자긔 아버지를 보지 안흐려고 그러한 지도 알 수 업는 것입니다. 그 때에 선산부윤 조귀상(善山府使 趙龜祥)은 그 사실을 듯고 조정에 보고하야 그 무덤에 비석을 해 세워주고 향랑전(香娘傳)과 의렬도(義烈圖)를 만드러서 그의 정렬을 표창하엿습니다. 향랑의 죽은 곳은 지금까지 향랑연(香娘淵)이라 하고 그의 지은 노래 산유화(山有花)는 몃 백년 후 지금까지 전하야 부릅니다. 그 뒤 영종대왕(英宗大王) 때에 최두긔선생성대(崔杜機先生成大, 字는 士集이니 전주 최씨로 大司諫 벼슬까지 하엿습니다.)는 산유화곡(山有花曲) 한 편을 지여 그 사실을 자세히 서술하고 신청천유한(申靑泉維翰) 선생은 한나라의 악부(漢樂府)의 미무편구장(薇蕪篇九章)을 모방하야 산유화곡 9편을 지엿습니다. 나는 몃 해 전에 선산을 갓슬 때에 향랑의 빠저 죽엇다는 향랑연(香娘淵)을 보고 또 그 곳 사람들의 산유화 노래(지금 그 노래의 사실은 물론 말이 변하고 곡조만 남은 것입니다.)를 듯고 감동된 바가 잇서서 변변치 못한 것이나마 한시 두 수를 지엿습니다. 이 글을 쓰는 끗에 문득 그 시 생각이 나서 긔렴삼어 여긔 긔록합니다.

香娘淵

巖花落盡水空流 萬古蛾眉怨恨悠
唱斷哀歌人不見 春山黯黯暮雲愁

바위 꼿이 다 떠러지고 물만 덧 업시 흐르니 만고에 어엽분 사람 원한이 길엇네.

슯혼 노래를 다 불너도 그리운 님 볼 수 업고 봄산은 암암한데 저녁 구름만 수심을 끄네.

江蘺漠漠渚雲多　何處佳人唱怨歌
一回未終先下淚　洛東春水欲生波[6]

강 풀은 아득하고 강 구름 갸욱한데 어듸서 미인이 노래를 부르나뇨.
한 곡조 하기 전에 눈물 먼저 흐르니 낙동강 봄물이 물결을 치랴하네.

차상찬(車相瓚), 『별건곤』 57호[7]

---

6) [原註] 청천 신유한의 〈산유화가〉에 '강리초가 여뀌만 못하다'란 구절이 있다. 그래서 초장에 인용하였다. 申青泉山有花歌　有江蘺草不可茹之句. 故로 初章 引用
7) 1932년 11월 1일 간행. 15~17쪽에 실려 있다. 문예평론 형식의 글이지만 이른 시기 기록이므로 참고로 실어둔다.

[전설1] **향랑연** 香娘淵

경상북도 선산고을을 끼고 흐르는 오태강 우에 깊은 련못 하나가 있는데 이것을 가리켜 향랑연이라고 부른 데는 다음과 같은 눈물겨운 사연이 깃들어 있다.

리조중엽 때 선산고을에 일찍이 어머니를 여의고 아버지 한 분만을 모시고 사는 향랑이라고 부르는 어여쁜 처녀가 있었는데 그는 부모에 대한 효성이 아주 지극할뿐더러 품행 또한 단정하여 보는 사람들마다 치하를 했다. 그러니 그이 가정은 말 그대로 웃음 속에 살아가는 아주 행복스런 가정이었다.

그런데 어느 해인가 갓 마흔에 들어선 그의 아버지가 그냥 홀아비로만 있을 수가 없어 후처를 맞아들이게 되었다. 그러자 그때로부터 그처럼 행복스럽던 그의 가정에 불화의 씨가 심어질 줄 그 누가 알았으랴. 그의 계모는 성질이 남달리 강포한데다가 인정마저 없어 어린 향랑을 종처럼 막 부리고 학대하였다.

향랑은 계모의 학대를 받다못해 열 일곱 살 나던 해 아버지의 의사대로 그 마을에 사는 한 농군에게 시집을 갔다. 그런데 그의 남편 되는 사람 또한 매일 술이나 퍼마시고 들어와선 향랑을 때리고 욕질하는 위인이었다. 향랑은 남편의 학대를 받다 못해 마침내 친정으로 도로 들어갔는데 계모가

"출가지외인인데 뭣 하러 내 집에 도로 기여 드는 거냐!"
하고 내쫓는 바람에 갈 곳이 없어 집집을 돌아다니며 구걸하며 살아
갔다.

그러던 어느 봄날 이 눈물겨운 신세에 종지부를 찍기 위해 죽기로
결심한 그는 아버지와 남편에게 유서 한 장씩을 남긴 뒤 오태강 깊은
소에 몸을 던져 죽었는데 그때 나이 겨우 스물 다섯이었다고 한다.

훗날 사람들은 이 사실을 알고 그가 빠져 죽은 강 언덕에다 향랑비
를 세워 그의 령을 위로하였고 그 소를 '향랑연(香娘淵)'이라 하였다고
한다.

윤영·조정현·최웅범 편, 『조선민간전설』(흑룡강조선민족출판사 발행, 1990)

[전설2] 향랑비(香娘碑)와 향랑연(香娘淵)

연대는 확실하지 않으나 이조 중엽쯤 되었다.

"아가, 철모르는 너를 두고 가자니 이 에미는 눈을 감을 수가 없구나. 흑흑⋯⋯."

너댓 살 쯤 되어 보이는 계집아이의 손을 꼭 잡고 여인네는 눈물을 흘렸다.

"엄마, 왜 그래? 엄마 울지마!"

어린아이는 어머니의 가슴팍을 파고들었다. 여인네의 숨결은 들릴락말락 했다. 핏기없는 얼굴에서는 하염없이 눈물만 흘러내렸다.

"이 불쌍한 것아, 내가 죽으면 너를 누가 길러 준단 말이냐."

여인네가 힘없이 중얼거리자 아무 것도 모르는 어린아이도 짐작을 하는지 어머니의 가슴에 얼굴을 묻고 울음을 터뜨렸다.

"엄마, 죽지마. 죽으면 안돼!"

"아가, 아버지의 말씀을 잘 들어야 한다."

간신히 이 말을 마친 어린아이의 어머니는

"꼴깍!"

하고, 숨이 넘어갔다.

"엄마! 엄마!"

어린아이는 어머니를 흔들며 크게 소리내어 울었다. 이때 일을 나갔던 어린아이의 아버지가 돌아왔다.

"향랑아 왜 우니?"

"아버지!"

어린 아이의 이름은 향랑(香娘)이었다. 향랑의 아버지는 아내가 숨져 있는 것을 보고 통곡을 했다.

"여보! 어린것하고 어찌 살라고 먼저 갔단 말이오? 여보, 여보! 하늘도 무심해라."

아내의 시신(屍身)을 흔들며 울부짓는 남편. 그 옆에서 엄마를 애타게 부르는 어린 딸. 이 슬픈 정경을 보고 그 누가 눈물을 흘리지 않으랴. 마을 사람들도 향랑 어머니의 죽음을 몹시 애석해 했다. 경상북도 선산(善山) 땅 어느 마을이었다. 향랑이네 집은 아버지와 어머니, 이렇게 세 식구가 가난하지만 그래도 단란하게 살아왔다. 한데 몇 달 전에 향랑의 어머니는 우연히 병을 얻어서 자리에 눕게 되었으며 백약이 무효로 끝내는 영영 가고 만 것이다. 그동안 향랑의 아버지는 앓아 누운 아내의 뒷바라지를 하느라고 밤낮 쉴 사이가 없었다. 고생을 참아가며 아내가 쾌차할 때를 기다리던 남편의 슬픔은 이루 말할 수 없었다. 마을 사람들의 주선으로 향랑의 어머니의 장례가 치뤄 졌다. 이렇듯 어머니를 일찍 여읜 향랑은 고생이 이루 말할 수 없었다. 그러나 향랑은 나이를 먹어갈수록 효성이 지극하고 품행이 단정했다.

"글쎄, 어린것이 품팔이를 해 가며 아버지를 공경하는 것을 보면 심청이가 다시 살아온 것 같아요."

"그러게 말예요. 에미도 없는 애가 그럴 수가 있어요. 인사성이 바르고, 효성이 지극하고….."

마을의 아낙네들은 향랑을 극구 칭찬했다.

"아버지, 이제 오셔요. 힘드시죠."

"아니다. 나는 괜찮다만 너야말로 오죽 힘들겠니."

"아니에요. 저는 아무렇지도 않아요."

향랑은 홀아비로 늙어가는 아버지가 측은했다.

"아버지!"

"왜? 무슨 일이 있었느냐?"

"그런 것이 아니고, 아버지가 불쌍해요."

"허허, 그게 무슨 소리냐. 에미 없이 자라는 네가 가엾어 못 보겠다."

"아버지, 새 엄마를 얻으세요."

"뭐라고?"

어린 딸의 말에 아버지는 자못 놀랐다.

"언제까지 외롭게 늙어가실 수야 없잖으세요? 하루라도 빨리 새 엄마를 얻도록 하세요."

"얘야, 그게 무슨 소리냐? 난 너만 의지하고 이대로 살겠다. 그런 소리 아예 꺼내지 말아라."

향랑의 아버지는 펄쩍 뛰었다.

그러나 향랑은 기회가 있을 때 마다 아버지에게 새 부인을 맞이하라고 졸라댔다. 이윽고 향랑의 아버지도 마음이 움직였다.

'향랑의 말대로 홀아비로 늙어갈 수야 없지. 참한 과부가 있으면 장

가를 들어야겠다.'

이렇게 생각을 한 향랑의 아버지는 마땅한 과부를 수소문했다. 마침내 매파의 중매로 이웃 마을의 한 과부를 부인으로 맞아들였다. 한데 새로 들어온 계모는 성질이 포악한데다가 인정이라곤 손톱만큼도 없었다.

"이년아! 뭘 꾸물꾸물 대느냐? 어서 밭에 나가서 김을 매질 않고!"

계모는 향랑에게 이러는가 하면 어떤 때는

"아이구 내 팔자야. 저년이 죽든지 내가 죽든지 해야지 저 꼴을 어떻게 본담."

하고, 공연히 향랑에게 화를 내기도 했다. 이렇듯 계모는 향랑을 종처럼 부리고 몹시 학대했으나, 향랑은 조금도 원망하지 않고 친어머니 섬기듯 효성으로써 계모를 섬겼다. 갖은 구박 속에도 무심한 세월이 흘러서 어언 향랑은 시집갈 나이가 되었다. 중매쟁이 할멈이 향랑의 집을 들락거리더니 드디어 한 마을의 박 총각과 혼인을 맺게 되었다. 박총각은 그 마을에서 농사깨나 짓는 박서방의 아들이었다. 한데 박총각은 원래 성품이 거칠고 술을 좋아하는 사람이었다. 향랑의 남편은 신방을 치룬 지 사흘도 안되어서 벌써 그 본성을 드러냈다.

"어, 취한다! 이년아, 그래 남편이 술 좀 먹었기로서니 그 따위 눈으로 쳐다봐!"

남편은 욕설을 퍼부으며 손찌검까지 했다.

이러한 일은 하루가 멀다하고 되풀이되었다.

"이년아, 내 집에서 당장 나가거라. 네깐년은 꼴도 보기 싫다!"

남편의 학대는 날이 갈수록 더해갔다. 시집을 온 지 삼 년이 되던 해였다. 향랑은 남편의 학대에 견디다 못해 친정으로 돌아왔다.

"아니, 이게 무슨 짓이람. 여자는 한 번 시집을 가면 출가외인인데 무슨 염치로 친정을 찾아온단 말이야! 당장 시집으로 돌아가거라. 귀신이 되더라도 시집귀신이 되어야 한다."

계모는 향랑을 보자 펄쩍 뛰며 내쫓다시피 하는 것이었다. 향랑은 기가 막혔다. 난폭한 남편에게 버림을 받고, 또한 친가에서마저 냉대를 당하니 갈 곳이 없었다.

"어머니! 어머니!"

향랑은 죽은 어머니를 입 속으로 불러보며 눈물을 흘렸다. 살 길이 막연한 향랑은 마침내 죽기로 결심을 했다.

'이렇게 살아선 뭣하나. 차라리 어머니가 계신 곳으로 가자. '

향랑은 무거운 발걸음을 한 발자국씩 떼며 마을 앞 연못으로 나갔다. 연못에 이른 향랑은

"아버지 용서하세요. 저는 먼저 가겠사오니 부디 행복하게 사시다가 오세요."

하고, 울먹이면서 친정집을 향해 절을 했다. 이윽고 향랑은 치마를 머리에 뒤집어쓰고 연못으로 뛰어 들었다. 이튿날

"앗! 연못에 시체가 떠 있다!"

연못 앞을 지나가던 사람이 소리치자 여기저기서 사람들이 몰려왔다.

"누굴까?"

"가엾게시리 누군지 자결을 했군."

사람들은 한 마디씩 지껄이며 서둘러 연못의 시체를 건졌다.

"아니, 이건 향랑이가 아닌가!"

"뭐? 향랑이?"

마을 사람들은 몹시 놀랐다.

"그토록 효성이 남다르고 얌전하던 향랑이가 죽다니."

"참다 참다 못해 그만 연못에 몸을 던졌군. 쯧쯧."

마을 사람들은 모두 슬퍼했다. 그 후 마을 사람들은 스물 다섯 살의 아까운 나이로 세상을 떠난 향랑의 영혼을 위로하기 위해 비각을 세워 주기로 했다. 그래서 향랑이 빠져 죽은 연못 위에다 향랑비(香娘碑)를 세우고 그녀의 혼을 위로했다. 그리고 그 연못을 향랑연(香娘淵)이라고 불렀다.

박영준 편, 『한국의 전설』 7권, 「경상북도 선산군」(한국 문화도서출판사, 1972)

[현대기록1] 향랑 香娘

열녀 향랑은 숙종 때 사람으로 구미 상형곡(龜尾 上荊谷)에서 박자신(朴自申)의 딸로 태어났다. 어릴 때부터 행실이 바르고 정숙하여 이웃 사내들과 놀지 않았으며 일찍이 어머니를 여의고 계모 밑에서 자랐다. 성질이 못된 계모는 향랑을 몹시도 학대했으나 향랑은 조금도 성내지 않고 계모에게 효성을 다하고 순종하였다.

17세 때 같은 마을에 사는 임천순(林天順)의 아들 칠봉(七奉)에게 시집을 갔다. 향랑보다 3살 아래인 칠봉은 성질이 악하고 망측하여 향랑을 원수처럼 여겼다. 향랑은 나이가 어려 그러려니 하고 참고 견디었으나 칠봉은 마찬가지였다. 막대기로 전신을 두둘겨 패고 머리카락을 쥐고 내동댕이 치는 날이 날마다 계속되었다. 시부모가 말려도 막무가내라 참다 못하여 친정으로 돌아갔으나 계모 또한 박대하니 친정아버지가 할 수 없어 숙부의 집으로 보냈다. 향랑은 숙부의 집에서 평안히 나날을 보냈으나 숙부도 박대하면서 뜻을 꺾으려 하자 하는 수 없이 마음을 고쳐먹고 시집으로 돌아갔다. 이에 칠봉은 더욱 더 거칠어져 보리타작하듯이 두둘겨 패니 보다못한 시부(媤父)도 재가를 권하였다. 향랑이 부당함을 고하며 토옥(土屋)이라도 지어 주면 그 속에서 생(生)을 마칠 것에 허락을 해 주기를 간청하니 시부(媤父)도 괜히 집안을 어지럽게 하지 말라 하며 거절했다. 그해 가을 향랑은 아무도 자기를 받아주지 않으니 이부종사(二夫從事)는 할 수 없고 죽기를 결심하였다. 죽어서도 흔적을 남기지 않기 위해 강물에 투신(投身)키로 작정을 하여 오태동(吳太洞) 야은(冶隱)선생의 지주비(砥柱碑)가 있는 곳으로 갔다. 마침 12세의 나무하는 소녀를 만나 사는 곳을 물으니 이웃마을이었다. 향랑이 말하기를

"내 너를 만나 다행이구나. 네가 만약 남자였다면 내 원통한 사연을 말할 수 없고 너 또한 큰 처녀라면 반드시 나의 죽음을 막을 것이나 너는 어리니 내 죽음을 막지 못하고 총명하니 내 말을 내 아버지에게 전할 수 있게 되었구나. 내 죽음이 명백치 못하면 친정부모님과 시부님은 내가 잠적하여 다른 곳으로 시집갔으리라 의심하겠거늘 너를 만나 나의 죽음을 증명할 수 있게 되었으니 천만다행이다."

향랑은 그 소녀에게 어릴 때 계모에게 학대받은 얘기와 시집살이 3년 동안 겪은 설움을 낱낱이 들려주었다. 이윽고 향랑은 다루머리와 치마를 벗어 신발과 함께 싸서 소녀에게 주며 일렀다.

"이것을 우리 부모에게 갖다 드리고 내 죽음이 명백함을 증명토록 해 다오. 부모보다 먼저 죽는 것이 죄가 되거늘 죽어서도 다시 부모 볼 면목이 있겠느냐. 나의 시신은 반드시 나오지 않으리라. 수중에서 부모를 뵈옵고 엉크러진 애원(哀怨)을 풀어야겠다."

향랑은 오랫동안 통곡하다가 울음을 그치고 노래 한 곡조를 불렀다. 곧 산유화 노래였다. 향랑이 곧 물에 뛰어들 기세를 보이자 소녀는 무서워 도망가려 했다. 향랑은 다시 소녀를 끌고와 말했다.

"두려울 게 없다. 내 너에게 산유화 노래를 가르쳐 줄 테니 외워 두

었다가 날마다 이곳에 나무하러 오거든 노래를 불러다오. 산유화 노래를 들으면 내 혼백이 네가 온 줄 알리라. 그리고 푸른 물결이 솟구치는 곳이 있거든 내 넋이 그 속에서 노니는 줄 알거라."

말을 마치고 물에 뛰어들려 하던 향랑은

'죽기를 결심하고도 물을 보니 두려운 마음이 생기니 가련하구나. 내 차라리 물을 아니 보리라.'

하곤 적삼을 벗어 얼굴을 싸고 물 속으로 뛰어들었다.

향랑의 죽음을 본 소녀는 혼비백산하여 마을로 달려갔다. 향랑의 아버지에게 죽음을 알렸다. 향랑의 아버지는 곧 못으로 달려가 시체를 찾았으나 허사였고 14일이 지나도록 시체가 떠오르지 않다가 보름째 되는 날 적삼으로 얼굴을 가린 향랑의 시체가 물 위에 떠올랐다.

이러한 사실에 선산부사(善山府使) 조구상은 숙종 29년(1703) 5월에 〈향랑전(香娘傳)〉을 짓고 그림으로 그리는 한편 조정에 상소하여 1704년에 숙종이 정려(旌閭)토록 명령하였다. 선산부사 조구상은 원한을 품고 죽은 향랑의 넋을 달래기 위하여 제문(祭文)을 지어 무덤에 제사를 지냈다.

이러한 사실은 조선조 후기의 실학자로 『청장관전서』의 저자인 이덕무의 향랑시 병서(香娘詩幷序)의 다음과 같은 기록에서도 증명이 된다. 향랑의 묘소는 상형곡에 있다고 하나 봉분조차 찾을 길 없고 동강난 묘비만 서 있다. 묘비가 동강난 사실은 일제 때 마을 못을 만들면서 석수장이가 축대를 쌓으려고 깨트렸기 때문이다. 이에 마을 사람들이 크게 노하여 다시 세우고 해마다 제사를 지냈으나 지금은 제사마저도 끊어지고 방치된 것을 1992년 11월 30일 구미문화원에서 묘역을 단장하고 비(碑)를 개수(改竪)하였다.

당시 나무하는 소녀에게 가르쳐 주었던 산유화의 가사는 다음과 같다.

"天何高遠, 地何曠邈, 天地雖大, 一身靡托, 寧投江水, 葬於魚腹"

"하늘은 어이하여 높고도 길며 땅은 어이하여 넓고도 먼가. 천지가 비록 크다하나 이 한몸 의탁할 곳 없구나. 차라리 이 못에 투신하여 고기 뱃속에 장사지내리."

『구미의 맥락(龜尾의 脈絡)』(구미문화원, 1992)[8]

향랑의 묘소 : 1992년 새롭게 단장했다. 구미시 형곡동 야산에 있다.

---

8) 선산은 현재 구미시 소속이다. 구미문화원에서 펴낸 이 지방 안내 책자에 향랑을 어떻게 표현해 놓았는지 알아보도록 하려고 이 부분을 싣는다. 내용은 대부분 조구상이 쓴 기록과 『일선지』에서 가져온 것이다.

열녀향랑 묘지명 烈女香娘墓碣銘[9]

향랑은 형곡동(荊谷洞)에서 박자신의 딸로 1683년에 태어나 사대부가의 아녀자들도 능히 행치 못할 절의(節義)를 세웠으니 어찌 가상타 아니하랴. 일찍이 어머니를 여의고 포악한 계모의 학대와 구박에도 안색은 하루같이 단정하여 슬픈 내색이 없었다. 성행정숙(性行貞淑)하여 바깥놀이에는 관념치 아니하고 길쌈이며 가사일에만 전념하더니 십칠세가 되던 해 인근 마을 임천순의 아들 칠봉에게 출가하였다. 신랑은 겨우 십사세로 괴팍하기 짝이 없어 툭하면 머리채를 휘어잡고 패는지라 전신에 피멍이 망측하였고 끝내는 시부모까지 부동(符同)하여 친정으로 쫓겨왔으나 계모의 학대는 더욱 심함에 오갈 데 없는 처지라 이를 측은히 본 숙부가 거두어 주었으나 한달이 채 못되어 어려운 살림에 언제고 먹일 수야 있겠나, 상처한 혼처가 나왔으니 개가를 하라 권하는지라 향랑은 내 비록 상것이나 어찌 이부종사(二夫從事)야 하오리까 하고 다시 시가에 가 담밖에 토굴이나 마련하여 기거하겠다는 것조차 거절당하고 다시 친정으로 쫓겨다니다 차라리 죽어 정조(貞操)를 보전함만 못하다 하고 1702년 가을 어느날 지주비 아래 소(沼)를 찾아가 마침 나무하던 한 소녀를 만나 가슴에 맺힌 사연을 다 이야기하고

---

9) 황폐된 향랑의 묘소와 동강난 묘비를 수습하여 1992년 구미시 형곡동에 향랑의 묘소를 새로 단장하였는데, 이때 새로 세운 묘비에 새긴 내용이다.

"내 죽거든 치마와 신을 친정에 전하여 내 분명 죽었음을 알려다오" 부탁하고 노래를 지어 불러 주었으니 곧 〈산유화가〉이며 나무하러 오거든 이 노래를 불러주면 내 혼백이 물위에 올라 유희할 것이다. 하고는 치마와 신을 벗어두고 굽이치는 소에 꽃다운 갓 스물의 한 많은 몸을 던졌으니 그 소를 후인들은 향랑연(香娘淵)이라 하더라.

당시 선산부사 조구상은 그 사실을 기술하고『삼강행실도(三綱行實圖)』의 예(例)에 맞춰 그림으로 조정에 품신하여 1704년 음력 9월 6일 정려(旌閭)가 내려졌으니 덧없는 세월 삼백성상(三百星霜)에 묘역은 황폐하고 묘비도 부서져 황량하기 그지없어 이를 안타깝게 여겨 다시 묘역을 정화하고 개비(改碑)하여 삼가 옷깃을 여며 이에 명(銘)하노니

청풍(淸風) 지주고절(砥柱高節) 강상(綱常)에 우뚝터니
한 고을 선주(善州)땅이 절의(節義)의 고장일레
앳된 듯 가녀린 여인(女人) 불경이부(不更二夫) 세웠구려

물굽인 세월따라 백사장이 됐다만은
일월(日月)이 저러한데 인륜(人倫)이야 변하리까
향랑연(香娘淵) 슬픈 사연이 가슴으로 저립니다

1992년 10월 일
구미문화원 원장 김교홍(金教洪) 근찬(謹撰)

[현대기록3] **열녀 향랑의 노래비**[10]

　형곡동이 낳은 열녀 향랑은 1683년에 나서 1699년에 출가하였으나
시부모의 박대 속에 1702년에는 표독한 어린 남편의 버림을 받았다.
향랑은 오랜 고통 속에 길재야은선생의 넋이 서린 지주중류비 아래 있
는 오태소에 스무살 꽃다운 몸을 던졌다. 그 해에 선산부사 조구상이
조정에 정려를 청했으나 비답이 없어 다음 1703년에 다시 삼강행실도
를 모방하여 그린 열녀 향랑 의열도를 예조에 올리고 정려를 청했다.
이 해 11월에는 묘갈을 세우고 제사를 지냈으며 다음해인 1704년 6월
5일에 향랑의 정절을 정려하는 윤허가 내렸다. 향랑이 투신전에 조부
사가 채집하여 한문으로 기록한 것과 그가 향랑의 죽음을 슬퍼하여 지
은 시를 국역하여 싣는다.

　산유화가(山有花歌)

　하늘은 어찌하여 높고도 멀고　　　天何高遠
　땅은 어이하여 넓고도 아득한고　　天何高遠
　하늘과 땅이 비록 크지마는　　　　天地雖大
　이내 한 몸 붙일 곳 없네　　　　　一身靡托

---

10) 1990년대 중반, 주민으로 구성된 열녀향랑추모회와 구미문화원이 힘을 합하여 구미
　　시립도서관에 열녀 향랑의 노래비를 세웠다. 이 노래비에 새긴 내용은 이와 같다.

차라리 강물에 몸을 던져   寧投江水
물고기 뱃속에 장사 지내리   葬於魚腹

열녀 향랑의 사실

형곡동에서 박자신의 딸로 1683년에 태어나 사대부가의 아녀자들도 능히 행치 못할 절의를 세웠다.

일찍이 어머니를 여의고 포악한 계모의 학대와 구박에도 안색은 하루같이 단정하여 슬픈 내색이 없었고 행실이 정숙하여 가사에만 전념하다가 17세 되던 해 같은 마을 임천순의 아들 칠봉에게 출가하였다.

신랑은 경우 14세로 괴팍하여 툭하면 향랑의 머리채를 휘여잡고 구타하여 전신에 피멍이 망측하였고 끝내는 시부모까지 부동하여 친정으로 쫓겨왔으나 계모의 학대는 더욱 심하여 이를 본 숙부가 거두어 주었으나 한달이 못되어 개가토록 권하는지라 향랑은 내 비록 상것이나 이부종사(二夫從事)야 하오리까 하고 다시 시가에 갔으나 버림을 받고 다시 친정으로 쫓겨 다니다가 차라리 죽어 정조를 지키리라 하고 1702년 가을 길재선생의 넋이 서린 지주중류비(砥柱中流碑) 아래 소(沼)를 찾아가 마침 나무하던 소녀를 만나 가슴에 맺힌 사연을 다 이야기하고 내 죽음을 친정에 전해 달라 부탁하고 가사를 지어 메나리조로 불러주었으니 곧 산유화가이며 나무하러 오거든 이 노래를 불러주면 내 혼백이 물위에 유의할 것이다 하고 치마와 신을 벗어두고 굽이치는 소에 꽃다운 스물의 한 많은 몸을 던졌다.

1704년 선산부사 조구상은 이 사실을 기술하고 삼강행실도의 예에 맞춰 그림으로 조정에 품신 6월 5일 정려가 내렸다.

당시 선산부사 조구상의 시와 신유한이 지은 산유화 9곡 중 한 수를 뒷면에 새겨 열녀 향랑의 애절한 절의를 기리며 후세에 알리는 바이다.

善山府使(趙龜祥)의 詩 - 선산부사(조구상)의 시

삼월 봄바람에 풀은 푸른데	東風三月草離離
오태 소(沼)에 아낙네가 신을 벗누나	吳太江邊脫履時
메나리 한 가락에 목이 매이고	唱到新詞聲咽處
가냘픈 가지에 산꽃이 피네	山花猶發可憐枝

申維翰(平山人)의 詩 - 신유한(평산인)의 시

외로운 구름은 홀연히 돌아가고	孤雲忽自歸
꽃다운 계수나무에 저녁그늘 드리우니	蒼桂夕以陰
내 눈엔 누굴 위해 눈물이 가득한고	我淚誰爲盈
절박한 가운데서 상심하노라	蹙迫內傷心

열녀향랑노래비 : 구미시립도서관마당에 있다. 왼쪽이 앞면, 오른쪽이 뒷면이다.

찾아보기

서신혜 徐信惠(sh2448@hanmail.net)

영암에서 태어나 한양대 국문과와 민족문화추진회에서
수학하였다. 세상에 사랑과 생명을 전하는 데 기여할 수
있는 사람이 되기 위해 늘 고심한다. 현재는 경북대학교
퇴계연구소 연구원으로서 書院에 관한 작업을 진행 중이
다. 역주서 『삼한습유』가 있으며, 「〈난초재세기연록〉에서
의 道敎 개입양상과 작품의 미적 특질」 등의 논문이 있다.

열녀 향랑을 말하다

2004년 5월 17일 인쇄
2004년 5월 27일 발행

편역자 · 서신혜
발행인 · 김흥국
발행처 · 도서출판 **보고사**
등 록 · 1990년 12월(제6-0429)
주 소 · 서울시 성북구 보문동 7가 11번지
전 화 · 922-5120~1(편집), 922-2246(영업)
팩 스 · 922-6990
메 일 · kanapub3@chol.com
www.bogosabooks.co.kr

ISBN 89-8433-229-1(93810)
ⓒ 서신혜, 2004

정가 10,000원